新妹魔王の契約者《テスタメント》 SWEET《スイート》！

原作：上栖綴人
著：八薙玉造

角川スニーカー文庫

19891

イラスト／大熊猫介（ニトロプラス）
デザイン／濱﨑正隆（NARTI:S）

The Testament of
Sister New Devil **SWEET!**

CONTENTS

東城刃更
野中柚希
野中胡桃
成瀬澪
成瀬万理亜
ゼスト

長谷川千里
橘七緒
梶浦立華
滝川八尋
早瀬高志

プロローグ

暖かな家を一歩出れば、吐息《といき》が白く煙《けむ》る。そんな二月上旬《じょうじゅん》の朝。

「今日も冷え込むなぁ……」

東城《とうじょう》刃更《バサラ》は手を上着のポケットに突《つ》っ込みつつ言った。

いつもより背筋はやや丸く、精悍《せいかん》な顔立ちも凍《こご》えている。

「ほんと寒いわね……。春も近いし、暖かくなってくれていいじゃない」

成瀬《なるせ》澪《みお》は手袋《てぶくろ》をした手に息を吐《は》きかける。

炎《ほのお》のように鮮烈《せんれつ》な赤毛が揺《ゆ》れ、吐息が白く煙った。

彼女の隣《となり》では野中《のなか》柚希《ゆき》が「うん」と頷《うなず》いていた。冷静な眼差《まなざ》しは普段《ふだん》と変わらぬものの、顔は青い髪《かみ》ごとマフラーに埋《うず》めている。

刃更も澪も柚希も『聖《ひじり》ヶ《が》坂《さか》学園』の制服の上に分厚い上着を着込んでいる。

これから学校に行こうとするところだ。

家の前、三人は憂鬱《ゆううつ》な面持《おもも》ちで冷え込んだ通学路に目をやる。

「……刃更さんはいいじゃないですか」

その後ろから恨《うら》めしげな声がかけられた。

玄関《げんかん》から出ることすらなく、ドアの内側から顔を出した銀色の髪の少女――成瀬万理亜《まりあ》が唇《くちびる》を尖《とが》らせている。

「この前、温泉で温まってきたんですから！　私も温泉に行きたかったです！」

拳《こぶし》を固く握《にぎ》り締《し》める。

「そして、のぞきプレイとか温泉プレイとか、伝説の神事――野球拳とか、サキュバス的湯治を満喫《まんきつ》したかったんです……。私の望みはただそれだけだというのに……寒っ！」

吹《ふ》きつけた寒風に、万理亜は震《ふる》えて顔を引っ込めた。

「……それはもう温泉が目的じゃないわよね」

いつものことだという顔で澪は呟《つぶや》く。

刃更は無言のまま頬《ほお》を掻《か》いた。

万理亜が言ったとおり、刃更は先月、温泉旅行に行っている。

長谷川千里《はせがわちさと》との旅行だった。来《きた》るべき日に備えて絆《きずな》を深めるため……ではあるが、実際、温泉旅館を借りきってサキュバス的湯治と言えなくもないことをしていたのも事実。

「万理亜のいつものは放《ほう》っておけばいいわ」

「澪さま、ひどくないですか⁉」

「そんなことより、そろそろ行かないと学校に遅《おく》れるわよ」

「そういえばそうか」

澪が手を引き、つられる形で刃更は歩き出した。

「それではお気をつけて」

そう言ったのは、万理亜とは違《ちが》い、見送りのため、玄関先まで出てきていたゼストだった。

いつものメイド服に身を包んだゼストは恭《うやうや》しく頭《こうべ》を垂れる。

「いってらっしゃい！」と、ゼストの隣では野中胡桃《くるみ》が元気よく手を振《ふ》る。ポニーテールが快活に弾《はず》む。

「ああ。それじゃ、行ってくる」

刃更たちはそれに応《こた》えて手を振り返した。

東城家をあとにして、三人は歩いていく。

自転車の学生が彼らを追い抜《ぬ》き、スーツを着た社会人はあくび交じりにバス停に向かっていた。平日の朝らしい光景だ。

「ちょっと柚希！」

澪が声を上げる。

柚希が刃更の腕《うで》に自分の腕を絡《から》めようとしていた。

「あんたね。これから学校なのよ。それで行くつもり？」

「澪も手を繋《つな》いでる」

「――っ⁉」

刃更の手を引っ張った時のまま、澪は彼の手をつかんでいた。

言われて初めてそれに気づき、慌《あわ》てて離《はな》す。

それから今しがた離した自分の手を、次に刃更の手を見る。

「私は左。澪は右。これなら大丈夫《だいじょうぶ》」

「あ、そうね」

澪は言われるまま、刃更に腕を絡めようとして、

「――じゃなくて！」

とっさに踏《ふ》み止《とど》まった。

そんな澪と柚希の様子を見て、刃更は思わず眉《まゆ》を下げる。

澪が腕を組まずとも、柚希と腕を組んで、澪と一緒《いっしょ》に登校すれば、どう考えてもクラス

で色々支障が出る。

そう思いつつも、こんな幸せな悩《なや》みならいくらでもありだとも思った。

魔界《まかい》から戻《もど》ってから、今のところ平穏《へいおん》な日々が続いている。

穏健《おんけん》派と現魔王派の抗争《こうそう》と、澪を巡《めぐ》っての戦いは終わった。

だが、自分たちが今も危《あや》うい立場にいることを刃更は忘れてはいない。

緊張《きんちょう》を切らしてはいけないと考えているし、長谷川との旅行も新たな力を——切り札を得るためのものだった。

全《すべ》てが終わったわけではない。

同時に刃更は思う。

この日常を忘れてもいけないと。

こういう日々が続くようにと、辛《つら》く厳しい命がけの戦いを、手段を選ばずに戦い抜いたのだ。こういう日々を護《まも》るためにこれからも戦うのだ。

「刃更。どうしたの？」

澪の声に刃更は我《われ》に返った。

いつの間にか、澪は刃更と腕を組んでいる。上目遣《うわめづか》いに彼を見る目は恥《は》ずかしげでありつつも、物思いにふける刃更を案じてもいた。

逆側では柚希もまた刃更を見つめている。

「いや。なんでもない」

刃更は首を横に振る。

それから澪と柚希を優《やさ》しい眼差しで見下ろし、前を向いた。

日常のために戦ってきた。

だからこそ、今は日常を素直《すなお》に楽しむ。

「行こうか」

改めて感じた想《おも》いと共に刃更は言った。

これは東城家に訪《おとず》れたひと時の日常の物語。

第一章　新妹魔王のバレンタインデー

1

二月もまだ上旬の夜のことだった。

「人と会う約束があるから、ちょっと出てくる」

夕食のあと、刃更《バサラ》はそう言って家を出た。

「きっとエロい本ですよ！　百戦錬磨《ひゃくせんれんま》のエロスを誇《ほこ》る刃更さんとて、青少年のあん畜生《ちくしょう》です！　これは……見逃《みのが》せません!!」

突然《とつぜん》、立ち上がった万理亜《まりあ》が刃更を尾行《びこう》し始めたのも、東城《とうじょう》家ではよくある光景だ。

しかし、その夜に関しては、そこからが違った。

いつもなら、ここで澪《みお》や胡桃《くるみ》が万理亜を止める。電撃《でんげき》や拳骨《げんこつ》のお仕置きもある。

だが、誰《だれ》も動かなかった。

あえて万理亜を行かせたのだ。

東城家のリビングに残るのは、澪、柚希《ゆき》、胡桃、ゼストの四人。

澪は戸締《とじ》まりを確認《かくにん》し、万理亜の気配を探《さぐ》り、それからリビングに戻ってきた。

そして、残る三人の少女と共にテーブルを囲んで座る。

重々しい沈黙《ちんもく》が降りる。遠くから聞こえる車の排気《はいき》音がやけに大きい。

「えっと……」

澪は緊張した面持ちで、柚希たちを見回し、それでもまだ惑《まど》い、ようやく唇を開く。

「──東城家女子会議を始めます。議題はバレンタインデー」

重々しい声だった。

澪は携帯《けいたい》のカレンダーを指す。件《くだん》の日、二月十四日まではもう一週間ほどしかない。

「もっと早くやりたかったんだけど、万理亜が家にいないってチャンスがなくて」

「万理亜が聞いてたら、絶対に何か仕込むもんね」

胡桃の言葉を誰も否定しない。

「……とにかく、今がチャンスよ。そんなわけで、みんなバレンタインデーはどうするの？　一人一人別々にチョコを用意するのか、それとも一緒に何か用意するか。ほら、変にかぶってもいけないし」

「あの、すみません」と、ゼストが挙手する。

「あ、はい。ゼスト。どうぞ」

　思わず教師のような反応をしてしまう澪。

　ゼストは何から話すべきかと言葉を選びつつ、口を開く。

「……バレンタインデーとは、実際どのような行事なのでしょうか？」

「あ……。そっか。ゼストには馴染《なじ》みないわよね。魔界のイベントじゃないし……」

「朝の情報番組で概要《がいよう》は理解しているつもりです。ただ――」

　ゼストは小首を傾《かし》げる。

「好きな人にチョコレートを渡《わた》す日であったり、友達にチョコを渡す日であったり、自分でチョコを買い求める日であったり……。渡すものも、チョコレートやチョコケーキなど様々で。私には何がバレンタインデーなのか見当がつかず。申し訳ありません」

「あー。なるほどね」

　澪は頷《うなず》いた。

「最近は複雑」

「色々乗っかり過ぎなんだよね」

柚希と胡桃も納得《なっとく》する。

「じゃあ、改めて説明するとね。確かバレンタインデーの発祥《はっしょう》はローマ帝国。ウァレンティヌスって司教が、禁止されてた兵士の結婚《けっこん》を秘密で行って処刑《しょけい》されちゃったことにあるとか。他《ほか》にも説はあるみたいだけど」

「チョコレートに関しては日本独自の習慣。海外ではただのプレゼント」

「なるほど」

ゼストが相槌《あいづち》を打つ。

「友達にチョコをあげる友チョコとかは、バレンタインデーに便乗した最近の習慣だから、とりあえず、日本のバレンタインデーは好きな人にチョコをあげる日……って、考えでいいと思うわよ。実際、あたしもそのつもりだし」

自分で言いつつ、澪は恥ずかしげに目を伏《ふ》せる。

「わかりました。ありがとうございます」

一礼し、ゼストは少し考える様子を見せた。

「それなら……やはり私も習慣に従ってみたいですね。願わくば――」

ゼストが深く息を吸う。メイド服のスカートの上で組んでいた手がかすかに動く。伏せた瞳《ひとみ》は熱を帯びていた。

「私も自分で作ったものを刃更様に渡したいと思います」

ゼストは顔を上げる。頬《ほお》は紅潮していた。

「――傲慢《ごうまん》でしょうか」

自らの言葉を後悔《こうかい》するように、口にした。

澪と柚希は顔を見合わせた。二人はそれだけで想いを確かめ合う。

「ううん。あたしたちもそうだから。作るか、買うかはまだ決めていないけど」

「刃更のために何かしたい」

「あたしもそうかな」

膝《ひざ》の上にあるゼストの手に、胡桃が掌《てのひら》を重ねる。

「皆《みな》さん……」

ゼストに対して、三人は力強く頷いてみせる。

「じゃあ、決まりね。それぞれでバレンタインのチョコを用意しましょう。渡すのは十四日に」

澪の言葉に東城家の少女たちが同意する。

「ほほう。なるほどなるほど……」

そんな澪たちの秘密の会議を万理亜は寒空の下で聞いていた。

彼女の手の携帯電話にリビングの会話は筒抜《つつぬ》けだった。

「ふふふ。甘いですよ。澪さま。このロリエロサキュバスに秘密で進めようなんて。こんなこともあろうかと、リビングにはきっちり盗聴器《とうちょうき》を仕掛《しか》けているんですから。しかも、三代目です」

初代と二代目は澪の雷撃《らいげき》に散った。

「ともかく、刃更さんを尾行してすぐ見つかって、拳骨を頂いて追い返された甲斐《かい》がありました。これも全て淫魔《いんま》的計算どおりです」

ククッと、万理亜は笑う。

「こんないかがわしい企画《きかく》、サキュバス的に飛びつくしかありません！」

握《にぎ》り拳《こぶし》を夜の空に突《つ》き上げる。

それから、「へくちんっ」とクシャミをした。

二月の夜はとにかく冷える。

2

「うーん」と思わず唸《うな》ってしまう。

澪は難しい顔を隠《かく》すことができない。眉間《みけん》に皺《しわ》が寄ってしまうありさまだ。

彼女はデパートのバレンタインデー特設コーナーにいた。

数々のバレンタイン商品が並ぶ中、澪が見ているのは、手作りチョコレートのコーナーだった。チョコ本体とデコレーションがセットになっていて、それだけでオリジナルチョコを作ることができるものから、材料それぞれ個別のもの、様々な種類が並んでいる。

当然、別のコーナーには既製品《きせいひん》のチョコもたくさん並んでいる。

どうしようもなく目移りして、どこから見ていいかもわからない。

「チョコを用意するって言っても、柚希みたいに料理が得意ってわけじゃないのよね……」

溜息《ためいき》がこぼれた。

澪の脳裏《のうり》に蘇《よみがえ》るのは以前、柚希が作った料理の数々だ。シチューも牡蠣《かき》フライも、その他諸々《もろもろ》もとてもおいしかった。

できれば手作りのチョコを刃更にあげたい……と思いつつも、躊躇《ちゅうちょ》してしまう。

「結局、市販《しはん》のほうがおいしいのは確かなのよ」「売ってるチョコのほうがおいしいんだよね」

声が重なった。

聞き慣れた声に思わず顔を向ければ、隣《となり》に胡桃がいた。

驚《おどろ》く澪だが、胡桃は胡桃で目を丸くしている。

それから、二人はだいたい同じことを考えていたのだと理解し、互《たが》いに苦笑《くしょう》した。

「胡桃ちゃんもここに買いに来たんだ」

「うん。……気持ちはわかるよ」

胡桃は眉《まゆ》を下げた。

「お姉《ねえ》はほんと料理が上手だからさ。《里》を出てから自炊《じすい》してたのはあると思うんだけど……。やっぱり、もともと料理が好きだったんだよね」

「《里》にいた頃《ころ》も？」

「時々、夕飯とか作ってくれたよ。それに——」

胡桃は目を細くする。

「刃更に食べさせてあげたかったんだろうなーって。今なら思うかな」

彼女の表情は優《やさ》しい。

自分のことを語るかのようだと、澪は感じた。

「まあ、柚希が料理うまくても、チョコを渡すのは別に勝ち負けの話じゃないのよね。それはそうだとわかっているんだけど……」

澪と胡桃は再びチョコの山に視線を戻《もど》す。

「何を選べばいいのかわからないわ……」

二人の溜息が重なる。

「――成瀬《なるせ》さん？」

不意に聞こえた声に、澪は振《ふ》り向き、目を瞬《しばたた》かせた。

そこにいたのは黒髪《くろかみ》を三つ編みにまとめた少女。理知的な眼差《まなざ》しが印象的だった。

「梶浦先輩《かじうらせんぱい》」

澪は驚きと共に彼女の名前を口にした。

梶浦立華《りっか》。今期、『聖《ひじり》ケ坂《がさか》学園』生徒会で副会長を務めていた少女だ。澪にとっては体育祭でお世話になった先輩でもある。

いつもの制服とは違《ちが》うカジュアルなパンツルックの立華だが、飾《かざ》り気なく機能的な装《よそお》いが彼女らしいし似合っていると、澪は感じた。

「こんにちは」

「ええ。こんにちは。えっと――」

立華は言い淀《よど》む。彼女は澪のすぐ隣に立つ胡桃のほうを見ていた。

「あ、彼女は野中《のなか》胡桃。柚希の妹です」

胡桃が慌《あわ》てて頭を下げた。

「姉がお世話になってます……だよね？」

「こちらこそ」

社交的な挨拶《あいさつ》を交《か》わしたところで、澪たちと立華の言葉が止まってしまった。

先程《さきほど》まで、澪たちは思いきり身を乗り出してチョコを眺《なが》めていた。

よくよく見れば、立華も陳列《ちんれつ》されたチョコのすぐ傍《そば》にいる。それは買い物の途中《とちゅう》、偶《ぐう》然《ぜん》通りかかったという形ではない。

澪と立華はお互いにこの場にいる理由を察してしまう。誰《だれ》にあげるつもりなのかはともかく。

「梶浦先輩も……チョコあげるんですね」

「……ええ」

立華は目を逸《そ》らす。かすかに朱《しゅ》が落ちた頰は彼女の恋心《こいごころ》を如実《にょじつ》に示す。

澪にとって少し意外なことだった。

以前、話した時、立華が恋愛《れんあい》に興味がある人だとは思っていなかった。

だが、立華も年頃の少女だと、考えを改める。想《おも》いを寄せる人ぐらいはいるだろう。

自分がそうであるように。

「やはり東城君に？」

立華が放った不意の言葉に、澪はビクンと跳《は》ね上がりそうになった。

突然《とつぜん》のことに顔が熱くなっていくのが止まらない。

「え……。えっと、その……は、はい」

思いきり狼狽《ろうばい》しつつも、素直《すなお》に認めてしまった。

澪たちと刃更が同居していることは学園でも知られている。

立華は何かを考えるように黙《だま》り込み、視線を巡《めぐ》らせる。

手作りチョコのコーナーを見て、澪と胡桃を、それから自分の手に視線を落とす。

「梶浦先輩？」

「あ、ゴメンなさい。そうね……」

まだ少しだけ躊躇しつつも、立華は言葉を続ける。

「ねえ、成瀬さん。もしよかったらだけど……チョコレート、一緒《いっしょ》に作らない？」

「え？　先輩とですか？」

「うん。私も手作りは初めてなのよ。だから、一人だとどうすればいいかわからなくて」

立華は苦笑する。

「それはあたしたちもありがたいですけど。でも、場所はどうしましょう？」

「学園の調理室が多分使えるわ。地域貢献《こうけん》活動の一環《いっかん》で開放されていたりするの。だから、ちゃんと申し込めば、私たちも使うことができるはず。野中さんの妹さんも」

言われて胡桃は自分を指差し、目を瞬かせる。

「そうね。確かに……」

どこで作るかは考えないといけないと澪も思っていた。

家のキッチンでは柚希と重なってしまうし、時間によっては刃更もいる。

それは胡桃も同じだったらしく、頷《うなず》きを見せる。

「「お願いします」」

声を重ねて二人は立華に頭を下げた。

「『トリュフチョコレートや生チョコなら市販のチョコからでも簡単に作ることができます。それに、コーティングでアレンジも簡単にできるのです』」

立華は『初めてのバレンタイン　超初級編　ビギナーでも絶対安心間違いなし保証』と太鼓判《たいこばん》が何重にも押されたタイトルの本を片手に言った。ほぼ棒読みだ。

3

デパートで会った数日後。

立華と澪、胡桃は正式な申請《しんせい》をした上で、『聖ヶ坂学園の』調理室にいた。その日は休日で学園に他《ほか》の生徒の姿はほとんどない。

澪と胡桃はエプロンを巻き、真剣《しんけん》な眼差しで教本片手の立華を見つめている。

やや緊張《きんちょう》した面持《おもも》ちで、同じくエプロンを巻いた立華が語る。

「最初に……チョコレートと生クリームを混ぜ合わせたガナッシュを作る。なるほど」

調理台の上には先日、デパートで買いこんで来た手作りチョコの材料や、ボウルやバット、包丁などの調理器具が既《すで》に並んでいる。

立華は包丁を手にし、まな板に対峙《たいじ》した。

澪たちもそれぞれが同じく包丁を手にする。

三人は視線と頷きを交わし合う。

「それじゃ、やってみましょう。まずはチョコを刻む」


十数分が過ぎた。

三人はやはり顔を見合わせていた。

それぞれのまな板の上には刻まれたチョコが山になっている。

「……ちょっといびつよね」

澪が遠慮《えんりよ》がちに言った。

「大きさの差が激し過ぎるっていうか……」

胡桃は気まずそうに目を逸らす。

実際、刻まれたチョコの大きさはまちまちだ。

手の親指ほどある塊《かたまり》まで残っていたので、胡桃は素知らぬ顔でそれを割って、山に混ぜた。

チョコの山をじっと見つめたあと、立華はコホンと咳払《せきばら》いする。

「溶《と》かすんだから大丈夫《だいじょうぶ》だと思うわ。次の工程がそうなってる」

「そうね！」「大丈夫に決まってる！」

三人はまたも頷き合った。


「次に生クリームを沸騰《ふっとう》直前まで加熱する」

鍋《なべ》を満たす生クリームを立華は注意深く見つめていた。

「ああっ！　すごく泡立《あわだ》ってる!?　これ、どうすれば！」

隣で胡桃が叫《さけ》びを上げる。

「胡桃ちゃん、火加減が強いわ。弱めて」

「う、うん……。えっと……魔法《まほう》で！」

「待って！　それはダメ！　絶対ダメ！」

胡桃の周囲に勇者のオーラがあふれ出ようとした瞬間《しゅんかん》、澪が火を止めた。

「ゴ、ゴメン！」

立華に聞かれたのではないかと、恐《おそ》る恐るそちらを窺《うかが》う。

しかし、彼女は彼女で余裕《よゆう》のない顔で自分の鍋を凝視《ぎょうし》していた。

澪と胡桃はホッと胸を撫《な》で下ろす。

「ありがとう。慌てちゃって」

「いいのよ。火加減とか難しいわよね」

呟《つぶや》いた澪の目の前を黒い煙《けむり》が一筋横切る。

「成瀬さん！　焦《こ》げてるわ！」

「きゃあっ⁉　ほ、ほんと難しい！」

今度は胡桃が慌てて火を止めた。


「こうして熱した生クリームで、先程刻んだチョコレートを溶かす」

生クリームの中に入れたチョコレートがじわじわと溶けていく。

それを泡立て器でかき混ぜれば、白と黒の色彩《しきさい》が入り混じり、チョコの色が生クリームを染め上げる。

「うーん」と、澪が顔をしかめる。立華も胡桃も難しい顔をしていた。

「なんだかチョコの塊が残っちゃってるんだけど……」

「さっき、けっこう大きいの残してたからだよね」

とはいえ、この状態から細かく割ることもできない。

チョコと生クリームを混ぜ合わせながら、澪は少し考える。

「……アクセントになるかな？」

「なるんじゃない？　あたしは好きだよ」

「そうね。私もアクセントになると思うわ」

お互《たが》いに言い合い、もう少し考える様子を見せたあと、三人はとにかく大丈夫だ！　と、やはり頷き合った。

「トリュフの場合、最後に、できたガナッシュを丸める。私は生チョコなので型に入れてしまったけど……」

チョコレートと生クリームを混ぜ合わせたガナッシュができあがった。

立華のガナッシュは既にバットの中に収められ、冷蔵庫で固まるのを待っている。

「丸める……か」

澪と胡桃は緊張した面持ちで自分たちのガナッシュに向き合い、それをひと塊手にすると、こね始めた。

「……これなんかベタベタする！　溶ける！」

「あたしも！」

手をチョコまみれにして、澪が声を上げた。

「先に冷やさなきゃ！」

「冷やすって、えっと……」

「任せて！」

胡桃が動く。ガナッシュでベタベタの手で氷水の入ったボウルをつかみ、

「待って、野中さん！　冷やすのはガナッシュのほうじゃないから！　手だから！」

「わわわっ⁉」

氷水をガナッシュのボウルに投入しようとしたところで、辛《かろ》うじて踏《ふ》み止《とど》まる。

「あ、危な……。そうだよね……」

胡桃と立華が安堵《あんど》の息を漏《も》らす。

「固まっちゃった……」

それはそれとして、澪が呟いた。

胡桃たちが見れば、氷水に浸《つ》けた澪の手ではガナッシュが完全に硬化《こうか》し、澪の手自体が固まってしまっていた。

「……一度、手をお湯で洗ってから、また冷やすしかないわね」

見事なまでに茶色くなった澪の手を見据《みす》えて、立華は眉間《みけん》を揉《も》む。

4

「なんとか終わったわね……」

「ご迷惑《めいわく》おかけしました」

息をつく立華と、申し訳なさそうにうなだれる澪と胡桃。

調理を始める前には綺麗《きれい》だったはずのエプロンや服、手や顔はチョコで汚《よご》れている。

「でも……。ちゃんとできた」

三人の前、調理台の上にはたどたどしくも丁寧《ていねい》にラッピングされた箱がある。できあがったチョコは既に収めてあった。

彼女たちの表情は一様に満足げだった。

その時、調理室のドアがノックされた。

返事をすれば、「すまない。邪魔《じゃま》をするぞ」と、一人の女性が入ってくる。

艶《つや》やかな長い黒髪《くろかみ》と、印象的な白衣。それに知的な雰囲気《ふんいき》を際立《きわだ》たせる眼鏡《めがね》。

養護教諭《きようゆ》の長谷川千里《はせがわちさと》だ。

「長谷川先生。調理室の使用許可、ありがとうございました」

澪と胡桃が頭を下げる。

申請を出したのは立華だが、それを通してくれたのは長谷川だと、澪は聞いていた。

「ふふ。かまわないさ。それも教師の役割だしな」

言いつつ、長谷川は調理台の上の箱に目をやる。

「うまくできたか？」

「うまく……かどうかは自信ないですけど」

澪は苦い顔をせざるをえない。

「梶浦先輩《せんぱい》のおかげでどうにか作ることができました」

「私は……何もしていないわ。そもそも、私も素人《しろうと》なんだし」

「でも、あたしたちの中では一番冷静でした」

「あたしらが慌《あわ》て過ぎなんだけどね」

「確かに……。それは否定できないわね」

アハハ……と、澪と胡桃は苦笑いするしかない。

そんな三人を長谷川は優《やさ》しい眼差《まなざ》しで見守る。

「できたならよかった。それにしても——」

長谷川は歩み寄り、一生懸命《いっしょうけんめい》ラッピングしたことが見て取れる箱に目をやる。

「これをもらう人は幸せものだな」

澪たちは一瞬目を丸くし、それから頰《ほお》を赤くする。

恥《は》ずかしげだが幸せそうな表情がそこにあった。

それらを見回して、長谷川は背を向ける。白衣の裾《すそ》がふわりと翻《ひるがえ》る。

「じゃあ、後片付けはきちんとな。お疲《つか》れ様《さま》」

長谷川が調理室を出ていく。

澪たちはそれを見送り、そのあとで再び自分たちが作ったチョコレートが入った箱に目を向けた。

「柚希はもっと綺麗でおいしいもの作ってるんでしょうね」

しみじみと呟く。

「でも——」と、澪は続けた。

「作ってよかった」

心からの言葉だった。

胡桃も立華も自分の箱を大事に手にする。

5

「作るだけなら……。だけど」

東城家のキッチンに柚希は立ち尽《つ》くしていた。

エプロンを巻いているものの、その表情は深刻極《きわ》まりなく、こぼれる吐息《といき》も重い。見下ろす調理台にはチョコはおろか調理器具すらいまだ準備されていなかった。

「柚希さん。大丈夫ですか？」

背後からかけられた声に、今その存在に気づいたとでも言うように、柚希が振《ふ》り返る。

メイド服姿のゼストが心配そうに見つめていた。彼女はそれ以上何も問わず、柚希の言葉を待っている。

柚希は迷いを見せつつも、口を開いた。

「チョコを作ることはできる。アレンジもできる。でも……」

かぶりを振る。

「何を作ればいいのか、何を食べれば喜んでくれるかわからない」

「優しい刃更様なら何でも喜んでくださる。でも、そういう問題ではないのですね？」

柚希はそれを認めた。

「なまじ料理ができる。だからこそ、はまりこんでいる。自覚はある」

再び重々しい溜息《ためいき》が漏れる。

「チョコとは……愛情とは？　人の心とは？　世界とは？　宇宙とは何なのか」

「深遠な懊悩《おうのう》です。私の悩《なや》みなどは比べ物になりません」

ゼストが目を伏《ふ》せる。

「ゼストも悩んでる？　バレンタインのこと？」

「はい。柚希さんの悩みと比べればたいしたことではなく、恐縮《きようしゆく》なのですが……」

彼女の表情もまた物憂《ものう》げだった。

「ゼストは私より料理ができる。スイーツも」

「はい。しかし、バレンタインデーのチョコレートの作り方がわからないのです」

柚希は小首を傾《かし》げた。

魔族ではあるものの、ゼストは料理全般《ぜんぱん》に通じている。その上、たくさんの本を読み、インターネットすら駆使《くし》する彼女が、手作りチョコレートの作り方で迷うとは思えない。

「まさか、カカオから作る？」

「考えはしましたが、さすがにそこまでは」

　ゼストが首を横に振る。

「私もチョコレート自体を作ることはできます。ただ……バレンタインデーにおけるチョコレートというものが、まだ理解できません」

「どういう意味？」

「愛《いと》しい人に想《おも》いを伝えるためにチョコを作る。つまりそれは自らの心をチョコと共に捧《ささ》げること。それらを同時に行うには、どのようなチョコが相応《ふさわ》しいのか……」

　柚希に負けず劣《おと》らず、重苦しい吐息が漏れた。

「全身に塗《ぬ》るのは、どうしても衛生的問題があります」

「なるほど。そういう解釈《かいしゃく》があった。さすがはゼスト」

　柚希は本気で感銘《かんめい》を受けた顔をしていた。

「だけど、確かに衛生的な問題は拭《ぬぐ》いきれな……はっ⁉」

　不意に柚希が目を見開く。

「柚希さん？」

「ありがとう。ゼスト」

　柚希がじっとゼストを見つめる。

　先程《さきほど》までの陰鬱《いんうつ》な表情とは打って変わって、彼女の瞳《ひとみ》は静かだった。

ひとつの山を越《こ》えることができた者だけがする目だ。

「気づくことができた。気持ちを伝える方法」


しばらくして、柚希とゼストはある場所を訪《おとず》れていた。

エプロンを外すことすら忘れ、そのままの姿で立つ柚希。

メイド服姿でやって来たゼスト。

彼女たちの前にあるのは、文房具《ぶんぼうぐ》から日曜大工用品、カー用品まで全《すべ》てが揃《そろ》う便利なお店。

すなわち近所のホームセンターだ。

「チョコは個人で作ると言った。だけど、協力自体は禁止されていない」

「そのとおりです」

「そう――。一人で何でもできる。その想いこそが傲慢《ごうまん》」

柚希はゼストへと掌《てのひら》を差し出した。

「力を合わせる」

「こちらこそお願いします」

ゼストが柚希の手を固く握《にぎ》る。

勇者と魔族、二人の少女は並び立ち、ホームセンターへと歩み出す。

ゼストの腕《うで》では先程立ち寄った書店の袋《ふくろ》が揺《ゆ》れていた。

6

「おかえり、刃更！」

「ああ。ただいま……？」

二月十四日。帰宅するやいなや、刃更は出迎《でむか》えた澪に手を引かれ、ちゃんと手洗いうがいさせられたあと、リビングに連れて来られた。

リビングには柚希と胡桃、ゼストがいる。万理亜を除いて全員が揃っていた。

そして、テーブルの上には綺麗にラッピングされた箱が三つある。

「バレンタインデーだからね」

目を逸《そ》らし、少し照れた様子で澪が言った。

「わざわざ準備してくれたのか」

三つの箱のうち、二つはリボンも包装も手慣れていない。手作りしてくれたということが一目でわかった。

「ありがとうな」

目を細めると、刃更は澪の頭を撫《な》でた。

彼女の表情が綻《ほころ》ぶ。

その時、ドン！　と、二階から何か落ちたような音が聞こえた。

刃更は天井《てんじょう》を見上げ、今一度、部屋にいる面子《メンツ》を見回す。

「……万理亜は？」

「絶対何かすると思ったから、とりあえずチョコを開封《かいふう》するまでは閉じ込めておいたわ」

澪が真顔に戻《もど》っていた。

「あー」と、刃更は考えてみたものの、確かにそのとおりだと、それ以上は何も言わない。

「と、とにかく開けてみてよ」

澪に促《うなが》されて、刃更はソファに座る。

ラッピングがたどたどしい二つの箱に手を伸《の》ばし、丁寧《ていねい》にリボンや包装を解いていく。

「そ、そっちはあたしと胡桃ちゃんで作ったの」

目を逸らす澪と、緊張《きんちょう》した面持《おもも》ちで刃更の手元をじっと見つめている胡桃。

フタを開ければ、キャンディより一回り大きい程度の丸いチョコレート——トリュフチョコレートがいくつも入っていた。

小分けにされたトリュフは表面のコーティングが違《ちが》うらしく、チョコレートの茶色や、ホワイトチョコらしい白色、抹茶《まっちゃ》パウダーの緑色や、ストロベリーらしいピンクなど、何種類もあり、目にも鮮《あざ》やかだった。

「綺麗《きれい》だな」

「そ、そう？　それなら、いいんだけど……」

澪は落ち着かない。

「いっぱい作ったんだよ。味は……ちゃんとおいしいかはわからない。もちろん味見はしたけどさ」

胡桃が不安そうな顔で言った。

「食べていいか？」

澪たちが戸惑《とまど》いつつも頷《うなず》く。

それを待ち、刃更はトリュフをひとつつまんだ。オーソドックスなチョコレート色のものを一口に食べる。

「――っ」

最初に感じたものは表面にまとうココアパウダーの香《かお》りだった。

ココアのかすかな苦味を感じた時、既《すで》に表面のチョコレートがとろけ始めていた。甘味と苦味、ココアとチョコレートの匂《にお》いが混じり合っていく。

噛《か》み砕《くだ》けばカリッとした食感。続けて中身のガナッシュがチョコレートとは思えないほどに、とろりと溢《あふ》れた。

甘く濃厚《のうこう》な味わいが舌の上に広がっていく。その中にいくつかチョコレートの塊《かたまり》らしいものが入っていたが、それもまたアクセントとなった。

いくつもの香りと食感を一度に味わう。

その心地《ここち》を堪能《たんのう》し、刃更は幸せそうに目を閉じた。

「おいしいよ。これ」

「よかった……」

澪は胸に手を当て、安堵《あんど》の表情を見せた。ホッとした顔をしているのは胡桃も同じだ。

二人が一生懸命《いっしょうけんめい》作ってくれたということが、刃更にははっきりと伝わってきた。

「じゃあ、もうひとつの箱もいいか？」

柚希とゼストが頷いた。

「そっちは私とゼストで作った」

「好みに合えばよいのですが」

二人がじっと見つめる中で、刃更は残る箱を開く。

こちらの包装は澪たちのものよりもしっかりとしていた。メイドとして働いていたゼストなら、こういう作業に通じているのもわからなくはない。

「――なっ⁉」

箱を開けた刃更は思わず息を呑《の》む。

覗《のぞ》き込んだ澪と胡桃も驚《おどろ》きを隠《かく》すことができない。

箱の中に並んでいるのはやはりチョコレート。色鮮やかな澪たちのトリュフとは違い、チョコレート本来の黒に近い茶色一色だった。

刃更たちが驚いたのはその形状にほかならない。

箱の中には刃更たちがいた。正確には刃更たちを象《かたど》ったチョコレートが並んでいたのだ。掌に載《の》せることができるほどの大きさだが、その精度は尋常《じんじょう》のものではない。

顔立ちはおろか、髪《かみ》の毛の輪郭《りんかく》や、刃更の顔の傷までことごとく再現されている。

服装はいつも着ているものが選ばれている。刃更や澪たちは学生服。万理亜は愛らしい洋服姿。ゼストはメイド服だ。

もはやチョコフィギュアと呼んでもおかしくないレベルの代物《しろもの》だった。

「なんて精巧《せいこう》な……。いや、これ、チョコの感想なのか？　それに、どうやって作ったんだ」

刃更は当惑《とうわく》せざるをえない。

「チョコは私が作った。湯煎《ゆせん》したチョコレートをブレンドしただけなので、さほど手は加えていない」

「よいものを選んでいただきました」

ゼストが言う。

実際、箱を開けただけで上品な甘い香りが漂《ただよ》っていた。

「できたチョコをゼストが作った型に流し込んだ」

「ゼスト、そんなこともできたのか」

「魔法《まほう》を使いました」

ゼストはエプロンのポケットから小さな白い塊を取り出した。掌ほどの大きさもない丸い塊をテーブルの上に置き、手をかざす。

わずかな魔力がそそぎこまれ、塊が脈動する。

「土の魔法を行使しました。私自身の手で行うよりも繊細《せんさい》な加工が可能となります。まず、粘土《ねんど》に魔法を使い、原型を作り、それを石膏《せっこう》でかたどり、完成したものをさらに土魔法で加工……。粘土の残りや臭《にお》いを魔法で取り除くことで、食品としての安全性も確保しています」

「な、なるほど……」

「加えて、ゼストは勉強もしてる」

柚希が数冊の本をテーブルに載せる。

本格的なホビー関連書籍《しょせき》だった。既成《きせい》のキットではなく、自作すらしてしまう類《たぐい》のものだ。

「チョコを食べてほしかった」

「同時に、私たちを捧《ささ》げるという気持ちを伝えたかったんです」

「──そう、なのか」

その発想から、どうして精密なチョコフィギュアの制作になったのかは、刃更にはちょっとわからない。

しかし、思わず「フ……」と笑《え》みをこぼしてしまう。

柚希が刃更の反応を見ている。澪たちも彼が笑ったことを疑問に思っているようだった。

「その……な。嬉《うれ》しかったんだ。チョコレートを用意してくれたこともそうなんだが」

箱の中に並ぶ自分たちの形をしたチョコレートを見下ろす。

「澪と胡桃はトリュフをたくさん作ってくれたよな」

「え？　ええ」

色とりどりのトリュフはとても刃更一人で食べ切れる量ではない。

「それはみんなで食べることを考えてだろ」

澪と胡桃は目を瞬《しばたた》かせた。

「そういえば、そうね」

「うん。なんとなくみんなで食べるつもりだったよね」

刃更は満足げに頷く。

「柚希とゼストも、全員の分のチョコレートフィギュアを作ってくれた」

「言われてみれば……」

「そうでした」

「気づいていないなら、そういうことなんだと思う。自然に……家族のことを考えてくれたんだなって。だから、それも嬉しくて」

刃更は箱の中からゼストのチョコを手に取る。

「えっと……。俺はゼストとか柚希を食べたほうがいいのか？　さっきの理屈《りくつ》だと」

「はい。しかし、柚希さんが先で……」

「いい」と、柚希は首を横に振《ふ》る。

「ゼストがアイディアをくれた。それに、作ってくれたのもゼスト。先に刃更に食べられる権利はゼストにある」

「柚希さん……」

「なんか語弊《ごへい》を感じるが」

ともかく、刃更はゼストを象ったチョコレートを手にした。

「いただきます」と、口元に運ぶ……が、精巧極《きわ》まりないゼストを口に含《ふく》むのには少し気《き》恥《は》ずかしさを感じざるをえない。噛み砕くのも気が引ける。

自然、刃更の一口目はチョコレートの出っ張った部分を舐《な》めるような形になった。

ゆっくりと舌先で包み込み、転がすように舐めていく。

チョコレートの匂いと味が広がる。

先程《さきほど》のトリュフのバラエティ豊かな香りと食感とは違い、こちらは洗練され整った正統派チョコレートという感覚を受けた。濃厚な香りが鼻を抜《ぬ》けていく。徐々《じょじょ》に溶《と》け出すチョコレートがほろ苦くも甘い味わいと共に舌の上をとろとろと流れる。

さすがは柚希のブレンドだと、その味わいに酔《よ》いしれようとして、刃更はふと我《われ》に返る。

ゼストチョコの胸を思いきり舐めていた。むしろ、口に含んで吸っているかのような状態だった。

これは、ちょっとなんかアレだ……と、思ってしまいつつも、あまりにもおいしくて舐めること自体は止《と》められない。

「――んっ」

声がした。

見れば、ゼストがうつむいている。

褐色《かっしょく》の頬《ほお》は紅潮し、身体《からだ》がかすかに震《ふる》えていた。

「ゼスト？　大丈夫《だいじょうぶ》か？」

応《こた》えようと口を開き、しかし、ゼストは「はぅっ」と身悶《みもだ》える。

漏《も》れる声を抑《おさ》えようと口元に手を当てたが、それでも熱い吐息《といき》は止まらない。

刃更を見る目が濡《ぬ》れていた。空いた手は大きな胸を押さえている。

何か異変が起きている。刃更はチョコレートから口を離《はな》そうと、半分溶けた部分を呑み込むべく舌を動かした。

「あぁっ、あぁぁあん♥」

ゼストが床《ゆか》の上にへたり込む。口に当てていた手は、今度は耳を押さえていたが、その状態で「はぅぅ、あぁぁっ……」と切なげに声を上げる。

「……何故《なぜ》です？　何故、こんな……んっ、あっ、刃更様に、耳を……ふぁぁ♥」

へたり込んだまま背筋を反らし、ゼストはおとがいを上げ、一際《ひときわ》激しく震えた。

唇《くちびる》の端《はし》から涎《よだれ》がこぼれるが、それを拭《ぬぐ》う余力もない。

紅潮しきった顔と、蕩《とろ》けた眼差《まなざ》しはどう見ても、刃更から攻《せ》められている時のように見える。

「まさか」

刃更はゼストの形をしたチョコレートを見る。

彼が舐めていた場所は胸、そして、慌《あわ》てて離そうとした時、耳も口にしてしまっていた。

「おそらく、そう」

柚希がそっと手を伸《の》ばす。

「あ……柚希さん、そこは」

指先がまだ濡れているチョコレートの耳に触《ふ》れた。

「あぁぁぁぁぁっ、ふぁ、あぁぁ♥」

ゼストが上げたのはまぎれもない嬌声《きょうせい》だった。

へたり込んだままソファにもたれ、脱力《だつりょく》した身体はまだ小刻みに震えている。荒《あら》い吐息もまた快楽の余韻《よいん》に浸《ひた》りきっていた。

服すら脱《ぬ》いでいないが、その姿はあまりにも艶《あで》やかだ。

刃更は柚希と、そして、澪や胡桃と視線を合わせた。誰《だれ》の仕業《しわざ》なのかは言うまでもなく明らかだ。

「万理亜……」

「くっくっく……。そのとおりですよ」

リビングの入り口から声がする。

そこに二階に封《ふう》じられていたはずの淫魔《いんま》がいた。

銀色の髪を乱した彼女は唇の端を上げ、淫蕩《いんとう》極まりない笑みと共に、部屋を覗き込んでいた。ビデオカメラを片手に。

「バレンタインデー……。クリスマスと並んで、この世界で一、二を争うほどエロいイベントを前に、淫魔の私を閉じ込めておくことができると思いましたか！」

「いや、バレンタインデーはエロいイベントじゃないからな」

刃更は思わず真顔になる。

万理亜は手にしていた縄《なわ》を捨てた。明らかに力任せに引きちぎった跡《あと》がある。

「この程度の縄。魔界での激闘《げきとう》が、私の力を高めているのです。自分でも驚《おどろ》きましたよ」

「こんなどうでもいいところで実感したってことに、あたしも驚いたわ」

澪もやはり真顔だ。

「ともかくです。澪さまたちがバレンタインデーに備えて準備していることは、この淫魔には筒抜《つつぬ》けでした。会議の時点からね」

柚希がハッとした表情を浮《う》かべる。

それから間髪《かんはつ》いれず、コンセントに挿《さ》されていた見慣れぬマルチタップを引き抜くと、呼び出した霊刀《れいとう》『咲耶《さくや》』によって粉微塵《こなみじん》に斬《き》り裂《さ》いた。

「ああっ⁉ 私の盗聴器《とうちょうき》三代目ーっ！」

「万理亜……」

皆《みな》の目が据《す》わるのを見て、万理亜は慌てて咳払《せきばら》いする。

「ともかく、気づいていたのです。あとは油断して無防備な柚希さんたちのチョコレートに仕込みをするのは簡単でしたよ。サキュバスに伝わる術式を」

彼女は再び喉《のど》の奥でククッと嘲笑《あざわら》う。

「人の形を模したものは、そのモデルとなった者と呪的《じゅてき》な繋《つな》がりを持ちやすい。さらには主従契約《けいやく》の魔法に連動させる形ならば、さらに仕掛《しか》けやすくなるのです。つまりは——」

一拍《いっぱく》の間を置き、幼き姿の淫魔は会心の表情を浮かべた。

「そのチョコにいやらしいことをすれば、そのままモデルに伝わります！ あと、齧《かじ》ったりしても、ちゃんとセーフティが働いて甘噛《あまが》み程度に感じるように設定しているので、ご安心ください」

「お前の配慮《はいりょ》の方向性はすごいな」

「さあ！　始まりますよ！　めくるめくエロいバレンタインデーというやつがですね！

はふんっ⁉」

絶好調のサキュバスが突如《とつじょ》身悶えた。

「本当に伝わるんだ」

そう言ったのは胡桃だった。

彼女の手には万理亜を模したチョコがある。

再現度が高すぎる控《ひか》えめな胸の膨《ふく》らみ。胡桃はそれをペロリと舐め上げる。

「はうっ⁉　ちょ、ちょっと……胡桃さん？」

「ところで、万理亜。お姉は万理亜のチョコもちゃんと作ってるんだよね。家族だから」

胡桃がそのチョコを身をよじる万理亜に見せつける。

「お姉たちが一生懸命《いっしょうけんめい》作ったチョコにそんな小細工するサキュバスにはお仕置きが必要じゃない？」

「ま、待って。そんな背徳的な……」

ペシッと、胡桃は万理亜チョコのお尻《しり》を叩《たた》いた。

「ふぁぁあっ!?」

さらに叩く。

「ダ、ダメです……。これ、セーフティのせいで痛くなくて、すごく……あひっ、はふんっ♥　や……」

ペシペシと音が鳴る。

「胡桃さんがこんな、こんなプレイ……っ！」

目尻に涙《なみだ》を浮かべ、悶えながら、万理亜は先程のゼストのようにその場にへたり込んだ。

「あ、あー。思っていたよりも、これ……もう、あんっ♥」

そんな万理亜を見下ろし、柚希はかすかに吐息する。

「策士策に溺《おぼ》れる」

しみじみと言った。

「……しかし、この状況《じょうきょう》、どうしようか」

万理亜はともかく、ゼストは息も荒く、床にうずくまったままだ。

チョコから伝わる感覚はいまだ絶えないのか、切なげな瞳《ひとみ》が刃更を上目遣《うわめづか》いに見る。

「刃更様……」

「大丈夫か？　どうすれば――」

「食べてほしいです」

ゼストは言った。その声はどうしようもなく熱く濡れている。

「いや、でも……」

誰かがゴクリと唾《つば》を飲んだ音がした。

胸を押さえ、へたり込み、懇願《こんがん》するゼストの姿はあまりにも艶やかだ。

澪や柚希、胡桃はそこから目を離すことができない。

彼女たちは自然、期待するように刃更を見てしまう。

「……刃更」

頬を朱《しゅ》に染めつつ、柚希が言った。

彼女の手には自分の姿を模したチョコレートがある。

澪たちも自分のチョコに目を落としていた。

刃更は困った顔で頬を掻《か》いた。

「わかった。でも、一度には無理だからな」

柚希の顔が綻《ほころ》ぶ。

——そして、その夜から数日は文字通り甘い夜が繰《く》り広げられることになった。

第二章　ボクらは素直になれない

1

このところ、梶浦立華《かじうらりつか》の様子がおかしい。

それはバレンタインデーをもうじき迎《むか》える、二月に入ってすぐの頃《ころ》だった。

『聖《ひじり》ヶ《が》坂《さか》学園』生徒会室。

生徒会庶務《しょむ》の橘《たちばな》七緒《ななお》は作業中だったにもかかわらず、小首を傾《かし》げてしまった。女の子にしか見えない愛らしい顔には疑問の色が濃《こ》い。

眼鏡《めがね》の奥の目は件《くだん》の梶浦立華の姿を追っている。

梶浦立華の変化は七緒にも一目でわかるほどに顕著《けんちょ》なものだ。優秀《ゆうしゅう》な彼女がすることとは思えないほど、このところ小さなミスが続いている。

今日はまだ何も起きてはいなかったが、やはり心ここにあらずという雰囲気《ふんいき》はあるので、心配していた。

「梶浦。来年度の部活勧誘《かんゆう》イベントの書類置きっぱなしなんだが、大丈夫《だいじょうぶ》か？」

「あ……。ゴメンなさい。すぐ提出してくるわ」

同じく生徒会役員の加納《かのう》に言われて、慌てて生徒会室を出ようとして、立華は思いきりドアにぶつかった。ドアを開けてすらいない。

「梶浦⁉」「梶浦先輩《せんぱい》⁉」

加納と七緒は思わず声を上げた。

「大丈夫よ。問題はないわ」

よろめき、ぶつけた鼻を押さえて言うと、立華は誤魔化《ごまか》すように部屋を出ていく。

近くでまた何かぶつかる音がした。しかも、二度。

七緒と加納は思わず顔を見合わせてしまう。

「やれやれ……」と、加納は溜息《ためいき》をつく。

生徒会室のドアは開けっ放しだった。既《すで》に立華の姿は見えないものの、加納は呆《あき》れたような、心配するような顔をそちらに向けていた。どこか生暖かな優《やさ》しさも感じさせる。

「どうしたんだろ、梶浦先輩……」

「え？」

七緒の呟《つぶや》きに加納はきょとんとした表情を見せた。

「わからないのか？」

「わかるんですか？」

問い返す七緒に、加納は目を瞬《しばたた》かせ、頭を掻いた。

「そっか。お前がわからないとはなぁ」

七緒にはどうしてそんな反応をされたかがわからない。

梶浦立華には生徒会でお世話になっているし、よくしてもらってもいる。だが、何も言わず意思疎通《そつう》ができているほど親しいわけではない——と、七緒は思う。

加納はしばらく考えるような素振《そぶ》りを見せた。

それから何か思いついたらしく、手を打つ。

「橘。梶浦は悩《なや》み事《ごと》があるんだ」

「悩み事……ですか？　確かにそんな感じですけど」

「ああ。それで他《ほか》がおろそかになってる。不器用なところがあるだろ？　あいつ」

「そう言われてみれば、そういうところは……」

「相談に乗ってやってくれ」

「……ボクがですか？」

「うん。お前だけど？」

さも当然のように言われ、七緒は眼鏡の奥の目を丸くせざるをえない。

「……話はしてみますけど」

不満とまでは言わないが、不本意そうな顔で言う。

何故《なぜ》、自分が？　という疑念は消えない。

――だが、実は同時に、七緒は自分でもよくわからない感情を抱《いだ》いてもいた。

立華を放《ほう》っておくことができない。悩んでいるなら話を聞きたい。

だから、ここ数日、ずっとその姿を目で追ってしまっていたのだ。

そんなことを思っている自分に今さら驚く。

「どうして？」

誰《だれ》に問うでもなく、七緒は言った。

2

「悩み？」

「はい。梶浦先輩、最近何か……考え込んでいるみたいなんで。もしかしたら、万が一……ひょっとすると……」

数日後、生徒会室で二人きりになった折、七緒は話を切り出してみた。

七緒自身、立華の悩みに関しても、自分の感情に関しても半信半疑ということもあってやけに自信なさそうだ。

そんな七緒を、立華はいつもの冷静な眼差《まなざ》しで見つめる。

「悩みなんてないわ」

きっぱりと言い切った。

「そ、そうですか……」

そこまで言われてしまうと、七緒は言葉を続けることができない。

生徒会室に沈黙《ちんもく》が降りた。

無言のまま、二人は事務作業を進める。立華がキーボードを叩く音が静かに響《ひび》く。

しばらくして立華が席を立った。

「橘君」

顔を向けずに言う。

「確かに最近は失敗続きで迷惑《めいわく》をかけているわ。それは申し訳ないと思ってる。気を引き締《し》めるから安心して」

そう言うと、立華はＰＣの電源を落とした。

「ボクは、その……気にしていないですけど」

七緒は歯切れ悪く応《こた》えるしかない。

その間に、彼女は荷物を鞄《かばん》にまとめていた。

「今日はもう帰るわね」

「はい。それじゃ、お疲《つか》れ様《さま》です」

「お疲れ様」と、言葉を残し、立華は生徒会室を出て行く。

「梶浦先輩……」

やはり少し様子がおかしい。無理をしている気もする。

何よりも――鞄を忘れている。今しがた、帰る準備をしていたにもかかわらずだ。

きちんと教科書が詰《つ》め込まれているらしい鞄が椅子《いす》の上に残されていた。

あまり忘れるものじゃない。ましてや普段《ふだん》の立華は優秀な生徒だ。融通《ゆうずう》が利《き》かないところはあるものの、ミスを犯《おか》すことはほとんどない。

「これは……やっぱり何かあるよね」

自分の質問で動揺《どうよう》していたのだろうか？　と、考える。

ともかくと、七緒は立華の鞄を手に、彼女を追って生徒会室を出た。

靴箱《くつばこ》までのルートはそんなに多くなく、うっかり追い抜《ぬ》いてしまっても、それこそ靴箱のところで待てばいい。なかなか来なければ電話しようと、七緒は考える。

しかし、少し行ったところで立華の声が聞こえてきた。誰かと話をしている。

角を曲がったところに、彼女の姿があった。

「――っ！」

七緒は思わず身を隠《かく》した。

立華はいた。彼女はやはり人と話していた。

その相手は東城《とうじょう》刃更《バサラ》だ。

「東城くん……」

立華と刃更は偶然《ぐうぜん》そこで出会ったのだろう。

二人が交《か》わす会話はごくごく普通で日常的なものだ。別段、珍《めずら》しいところはない。

七緒が身を隠す必要もなかったはずだ。

だが、一瞬《いっしゅん》垣間《かいま》見《み》えた立華の横顔は七緒が見たこともない表情を浮《う》かべていた。

いつもは冷たさを感じさせることもある顔が、幸せそうにはにかんでいる。

「――そっか。梶浦先輩。東城くんのことが」

加納はそれに気づいていた。むしろ、他の生徒会の役員もそうなのかもしれない。七緒が相談相手として指名されたのは、生徒会の面子《メンツ》では、七緒が最も刃更と交流があるから——ということなのだろう。

だから、加納は七緒なら相談に乗ることができると考えた。——と、七緒は思う。

なんとなく胸元《むなもと》を押さえてしまう。そこには確かな膨《ふく》らみがあった。

普通の人間として『聖ヶ坂学園』に通っている七緒だが、その正体はヴァンパイアハーフだ。

ヴァンパイアハーフは成人するまで性別が安定しない。定期的に男女が入れ替《か》わる。

そのはずが、七緒の身体《からだ》は年末からもとに戻《もど》っていない。

自分でも理解できない何かが胸の奥をチクリと刺《さ》す。

七緒は動くことができず、立華の鞄を持ったまま佇《たたず》んでいた。

やがて、会話を終え、刃更が去っていく。

立華は手を振《ふ》り、その背が消えるまで見送っていた。

「……バレンタイン。変に思われるかしらね」

彼の姿が見えなくなったあと、立華はポツリと言った。

その言葉で七緒は全《すべ》てを理解する。

立華が最近思い悩んでいるのは、まさにそのことだったのだろう。

七緒には立華の気持ちを理解できてしまう理由があった。

七緒もまた刃更にチョコレートを渡《わた》そうと考えていた。しかし、身体は女性になっているものの、七緒は本来男性としてこの学校に通っている。

感謝の気持ちだとしても、バレンタインデーにチョコレートなど渡せば、変に思われてしまう。だから、実際に渡すことなんてできるはずがない。

そう考えていたからこそ、先程《さきほど》の立華の呟きが心に突《つ》き刺さった。

「橘くん？」

「あ……」

立華がいつの間にか自分に気づいていた。

「か、梶浦先輩。ボク、忘れ物を届けに……」

「違《ちが》うのよ、今のは！」

「え？」

七緒の目の前で立華が必死に両手を振る。

「確かに私はバレンタインとか言ったけど、東城君にチョコを渡す意味なんて、体育祭の件のお礼以外に何もないわ。あるわけがない。他意なんてないのよ。だって、東城君、成《なる》瀬《せ》さんたちと同居しているでしょ？　野中《のなか》さんとも仲がいいし、そんなところにチョコを渡してしまったら、変に思われるかもしれないし、迷惑をかけるかもしれないじゃない。こんなことで東城君が彼女たちと揉《も》めることは避《さ》けなければならないわ。となると、やっぱりチョコを渡すべきじゃないと考えられるわよね」

必死に否定する立華の姿を見て、七緒は目を丸くした。

言い訳を重ねる姿はいつもの立華からは考えられないほどに愛らしくもある。

「それと、最近ミスが多いことと、この件はまったく関係ないわ。関係ないから！」

七緒は胸の中に渦巻《うずま》いていたモヤモヤしたものが抜けていくように感じた。

立華の気持ちがよくわかってしまう。だから——

「梶浦先輩《せんぱい》」

魔眼《まがん》の力を使っていた。眼鏡《めがね》の奥の瞳《ひとみ》が怪《あや》しく光る。

ヴァンパイアが持つ特異な能力。人の心を自在に操《あやつ》ることができる力だ。

立華が言葉を止める。彼女は七緒の瞳から目を離《はな》すことができない。

しかし、七緒が行ったのは心を捻《ね》じ曲げ、操るような行為《こうい》ではなかった。

ほんの少しだけ、立華の心に働きかけたその力は、彼女が自ら閉《と》ざした心を開くだけのもの。ちょっぴりだけ素直《すなお》になってもらうというだけ。

立華はうなだれ、愛《いと》しげに吐息《といき》する。

心の枷《かせ》を解かれ、本来の感情を理解したのだろうと、七緒は思う。

「チョコ渡しませんか？」

そんな立華に七緒は言った。

3

バレンタインデーも目前となったその日。

「ああっ！　すごく泡立《あわだ》ってる⁉」「胡桃《くるみ》ちゃん、火加減が強いわ。弱めて」「成瀬さん！　焦《こ》げてるわ！」

『聖ヶ坂学園』の調理室からはそんな賑《にぎ》やかな声が響いていた。

七緒はそこにはいない。

調理室の外で、立華や、澪《みお》、胡桃の声を聞いているだけだった。

誰も七緒には気づかない。

「がんばって。先輩」

そっと調理室を覗《のぞ》き込む。

澪たちはトリュフを作っているが、立華はガナッシュからプレート、あるいはレンガ状の生チョコを作っていた。型に収めたチョコに、彼女はシュガーパウダーを使い、大きく『義理っ‼』と書いている。

魔眼で気持ちを後押しされてもそんなことをする立華に、七緒は思わずクスリと笑ってしまった。

校舎を出る。

寒々しい冬空を見上げ、まぶしそうに目を細め、それから鞄より箱をひとつ取り出した。

綺麗《きれい》にラッピングされた箱の中身がチョコレートであることは、七緒以外知らない。

それを中庭にあるゴミ箱に捨てようと手を伸《の》ばす。

「もったいないな」

チョコを手にしたまま、聞こえた声のほうへ振り向く。

葉を落とした木の下に佇むのは長谷川《はせがわ》千里《ちさと》だった。

「長谷川先生……」

養護教諭《きょうゆ》の眼鏡の奥の瞳はじっと七緒を見つめていた。

心の奥を見透《みす》かされるような眼差しに、七緒は思わず身構える。

しかし、長谷川は何も問わなかった。七緒が警戒《けいかい》を解くのを黙《だま》ったままでじっと待っている。

自然、七緒の肩《かた》から力が抜けた。

「——例えばの話だ」

ようやく長谷川が口を開く。

「お前がそれを渡したい相手がいるとしてだ。その相手はお前が今考えているようなことを気にして、お前を嫌《きら》ったりするような人なのか？」

「あ……」と、七緒は声を漏《も》らした。

長谷川の言うとおりだった。

七緒がチョコを渡したい人——東城刃更はヴァンパイアハーフである自分を受け入れてくれた人だ。勇者の一族でありながら、七緒を蔑《さげす》むこともなく、襲《おそ》いかかったことを責めることすらしなかった。

そんな刃更にだから、七緒はチョコレートを渡したいと思っていたのだ。

「先生、ボクのこと、何を知って……」

「心配していたよ」

そう言うと、長谷川は背を向けた。

振り向くことなく、彼女は歩み去っていく。

「心配って、誰《だれ》が——」

七緒は言葉を最後まで続けることができなかった。

長谷川と入れ替わるように、そこに姿を現した者がいる。

先程まで七緒が思い描《えが》いていた人。

東城刃更だ。

「東城、くん……」

「よお」と、刃更は軽く手を上げる。

それから少し逡巡《しゅんじゅん》する様子で頬《ほお》を掻《か》き、意を決して顔を上げる。

魔眼のことを知りながらも恐《おそ》れることなくまっすぐに見つめる瞳に、七緒は射すくめられたかのように立ち尽《つ》くす。

「橘。もしかして、悩《なや》んだりしてないか？」

「え？」

「俺の勘違《かんちが》いだったら悪いが。最近、ちょっと様子がおかしい気がしてたからさ」

「ボクが……？」

悩んではいたが、表には出していないと思っていた。

そのはずが刃更はそれに気づいていた。

「そんなに変だった？」

「いや……。なんとなくだ。勘違いだったら、ほんとに悪い」

「ううん。ボク――」

そこまで言って、七緒は言葉に詰《つ》まってしまった。

視界が滲《にじ》んでいる。刃更の顔さえぼやけている。

自分が涙《なみだ》を浮かべていることに、七緒はようやく気づく。

「橘⁉」

七緒は首を横に振る。涙が頰を伝い落ちていくが、そこに悲しみはなかった。

胸を満たすものはぬくもりにほかならない。

七緒は立華を見ていてその悩みに気づき、力になりたいと思った。

それと同じように、刃更は七緒の悩みに気づき、こうして力になろうとしてくれた。彼もまた七緒を見ていてくれたのだ。

それが心の底から本当に嬉《うれ》しかった。

「東城くん！」

七緒は手にしたままだったチョコを刃更に差し出す。

「こ、これ、ちょっと早いんだけど、バレンタインのチョコ……！」

顔はおろか耳までが真っ赤になっていた。声は震《ふる》えているし、涙も止まらない。

刃更は一瞬《いっしゅん》驚《おどろ》いた顔をした。

だが、彼は差し出されたチョコを普通《ふつう》に受け取る。

「開けていいか？」

七緒がなんとか頷《うなず》けば、刃更は包装を解く。

出てきたものはハートの形をした大きなチョコレートだ。

正直、ハート形はやり過ぎたと、七緒は今さらながらに思った。

「え、えっと……体育祭の時も、そのあとも、いつもお世話になってるし……それに今、ボクの身体《からだ》、女の子だし……。だから！」

ポンと、刃更の手が七緒の頭を撫《な》でる。

七緒が好きな笑顔《えがお》がすぐ傍《そば》にあった。

「ありがとうな」

「うん！」

止まらない涙を拭《ぬぐ》うこともせず、七緒は心からの素直な笑みを浮《う》かべていた。

第三章 ロスト・デイ・バレンタイン

1

「義理よ、義理！ いつもお世話になってるから……その、義理ぐらいは果たさないといけないし……」

これ以上ないほど顔を赤くしながら梶浦立華《かじうらりつか》は、東城《とうじょう》刃更《バサラ》にチョコレートを渡《わた》していた。

刃更が受け取れば、立華は言葉とは裏腹に目を細める。

バレンタインデー当日のお昼。

『聖《ひじり》ヶ《が》坂《さか》学園』の養護教諭、長谷川《はせがわ》千里《ちさと》はそんな様子を保健室から眺《なが》めていた。

座ったままで、冷めてしまったコーヒーに口をつける。吐息がこぼれた。

「……まったく、橘《たちばな》も梶浦も。私は教師らしいことをし過ぎてしまったな」

唇《くちびる》が少し歪《ゆが》んだのは、コーヒーの苦味のせいだけではない。

「あの初々《ういうい》しさは少々羨《うらや》ましい」

呟《つぶや》きつつ、長谷川は少し前のできごとを思い出す。

二月十四日は刃更が澪《みお》や柚希《ゆき》たち家族と過ごすことができるようにと、長谷川はバレンタインデーよりも一週ほど早く、彼を自宅へ招いた。ちょうど澪たちが秘密会議を行っていた日のことだ。

長谷川は手作りのチョコを渡し、料理を食べてもらい、身体を重ねて想《おも》いを伝えた。

加えて、一月の温泉旅行で、長谷川は実時間よりもはるかに長い時を刃更と共に過ごし、絆《きずな》を深め合っている。

だから、バレンタインデーに関しては、大人として満足している——と思っていた。

「物足りないわけじゃない」

そのはずが切ない心地《ここち》が消えない。自分でも不思議なほどに整理がつかない想いだった。

なんとなく仕事用のノートＰＣに目をやる。

「これは……」

開いたままだったニュースのページを見て、長谷川は眼鏡《めがね》の奥の目を細める。

しばらくして、彼女は携帯《けいたい》を取り出し、メールを打ち始めた。

2

数日後の休日。

長谷川は刃更と共に、ショッピングモールを歩いていた。

バレンタインが終わったあとにもかかわらず、訪《おとず》れる人の数は多い。カップルだけではなく、家族連れや初老の夫婦《ふうふ》など、客層も幅広《はばひろ》かった。

「今日はちょっと遠出にしたんですね」

「ああ。数ヶ月前にリニューアルされたらしい。興味があってな」

言いつつ、長谷川は刃更に腕《うで》を絡《から》めた。

「先生⁉ その……」

「教師と生徒が人前ではまずいか？」

驚く刃更を、長谷川は悪戯《いたずら》っぽい表情で見る。

「安心しろ。ここには『聖ヶ坂学園』の生徒はよほどのことがなければ来ない」

「確かに」

長谷川の言うとおり、このショッピングモールは『聖ヶ坂学園』の最寄《もよ》り駅からは路線自体が離《はな》れた位置にある。聖ヶ坂の学生たちが遊びに行くには交通の便が悪過ぎるのだ。

先日、長谷川がネットニュースで見つけた場所だった。

「だから、遠慮《えんりょ》する必要はないだろ？　教師と生徒でも」

「まあ、そうですけど……」

歯切れ悪く言いつつ、刃更は長谷川のほうをチラリと見た。

「どうした？」

なんとなく彼が言いたいことを理解しつつも、あえて問う。

刃更が言葉に詰まるのを見て、長谷川は目を細めた。

彼が見ているのは長谷川の服だった。

いつもの長谷川の服装は大人としての魅力《みりょく》を強調するものが多い。学園では白衣にタイトスカート、先日の温泉旅行では上品なコートをまとっていた。

だが、今日の長谷川はいつもとは雰囲気《ふんいき》が違っている。

着ているコートはハーフコートで、スカートはふわりとしたフレアスカートだ。それぞれが愛らしさを感じさせる意匠《いしょう》やアクセサリーで彩《いろど》られている。コートやスカート以外も、同じようにコーディネートされていた。

いつもとは違う、大人の魅力を可憐《かれん》さでゆったりと包み込むような服装だった。

そんな長谷川のぬくもりや柔《やわ》らかさが服越《ご》しにも刃更に伝わる。

「似合わないか？」

刃更は慌《あわ》てて首を横に振《ふ》った。

「ファッションとかはわからないですけど」

照れた様子で応《こた》える。

「でも、なんとなくいいと思います」

「よかった。的外れなことをしていなくて」

長谷川は表情を緩《ゆる》める。

「ところで、どうしてここにしたんですか？　何かイベントがあるとか？」

リニューアル後の休日ということもあり、イベントステージなどでは、催《もよお》しも行われているらしい。

「いや、そういう目的で選んだわけじゃない」

長谷川は立ち止まり、馴染《なじ》みのないショッピングモールに視線を巡《めぐ》らせる。

それから悪戯っぽく目を細めた。

「言ってみれば、私からのテストかな。教師らしく」

「テスト？」

「今日はお前にエスコートを頼《たの》もうと思ってな」

刃更は思わず目を瞬《しばたた》かせた。

「え……？　俺、何も決めてないですよ」

「だからこそ、テストだ。いつもは私が行く場所を決めてしまうからな」

「確かに……。たまには俺のほうもちゃんとしないとって気はするけど」

困った顔をする刃更を見て、長谷川は内心で「無茶振《むちゃぶ》りが過ぎたか？」と思うが、口には出さない。

「それじゃ、昼食でも食べながら考えよう。そうだな——」

再び視線を巡らせ、長谷川は一軒《いっけん》のテナントを指す。

「あそことかどうだ？」

ごくごく普通の全国チェーンのファーストフード店だった。

3

「こういうのもうまいものだな」

ミートパテが三枚挟《はさ》まったハンバーガーを、長谷川は大胆《だいたん》にほおばる。唇についたソースを舐《な》め取り、満足げな表情を浮かべた。

定番のてりやきハンバーガーを手にしたまま、刃更はそんな長谷川をきょとんとした顔で見ている。

「どうした？　ソースでもついているか？」

「いえ。ちょっと意外で。あまりハンバーガーというイメージがなかったので」

「そうでもないぞ。私も一人で食べる時は手を抜《ぬ》くことはある。大味過ぎる味付けも嫌《きら》いじゃない。そもそも、焼肉屋で会ったこともあるだろ？」

「そういえばそうでした」

「十神としては珍《めずら》しいのは否定しないがな。親近感が湧《わ》くだろ？」

「確かに」

冗談《じょうだん》めかした言葉に、刃更の表情が緩む。

「それで、私を連れて行ってくれるところは決まったか？　食べ終わるまでが制限時間だ」

「うわ。待ってくださいよ」

またハンバーガーをほおばる長谷川を見て、刃更は焦《あせ》った声を出す。

食事を続けつつ、刃更は眉根《まゆね》に皺《しわ》を寄せ、考え込む。

「今日は無茶言いますね……。俺、こういう経験自体あんまりないんですよ」

「私がいつも経験させてやってるだろ」

刃更は困った顔で視線を巡らせる。

その目がぴたりと留まった。

長谷川の後方、ファーストフード店の外にシネコンがある。上映中の映画のポスターや、大型POPが目に飛び込んできた。

「映画とかどうです？」

「ああ。なるほどな」

長谷川が振り向き、シネコンがあるのを確認《かくにん》する。

「いいと思うぞ。合格点をあげよう。初めての相手との場合は、趣味《しゅみ》が合わないかもしれないから気をつけろとは言うがな」

「そうなんですか」

「だけど、私とお前だろ。ある意味で長い付き合いになっている」

フフと笑い、長谷川は店内からシネコンを眺める。

「何か観《み》たい映画はありますか？」

言いつつ、刃更は携帯を使い、上映中の映画を調べる。

「アメコミのヒーローものとかありますね。続編じゃないから観やすそうです。あとはこのSF映画もおもしろそうですけど。火星で……」

「いや、アレにしよう」

長谷川がポスターを指す。

『ロスト・デイ・メモリアル』というタイトルの邦画《ほうが》だ。刃更が見ていたアクション映画やSF映画のポスターとは違《ちが》って、男女が手を繋《つな》いでいるだけのシンプルなポスター。

『——私の全《すべ》てを覚えていて』のキャッチコピーがどこか切なげな印象を与《あた》える。

それほど話題になっていないのか、刃更はタイトルを聞いたことがなかった。

「恋愛《れんあい》映画ですか？」

「デートっぽくていいだろ。ちょっと定番過ぎるか？　子供だましでなければいいがな」

長谷川がニコリとする。

いつもとは違う小悪魔《こあくま》のような、そんな笑顔《えがお》だと、刃更は思わず胸が高鳴るのを感じた。

4

「先生。本当に大丈夫《だいじょうぶ》ですか？」

「大丈夫だ。だけど、もうちょっと……もうちょっとだけ、すまない……」

映画『ロスト・デイ・メモリアル』を観終わり、ロビーに出てきて十五分。

長谷川の目は真っ赤だった。

眼鏡《めがね》を外してハンカチで目元を拭《ぬぐ》っている。既《すで》にハンカチはビショ濡《ぬ》れだったが、涙《なみだ》はまだ止まりきっていない。

これでもマシになった状態だった。映画の後半などはずっと嗚咽《おえつ》を漏《も》らしていた。

お客が行き交《か》う中、刃更と長谷川は邪魔《じゃま》にならないようにロビーの隅《すみ》に佇《たたず》んでいる。

しばらくして、長谷川はようやく眼鏡をかけ直し、深く息を吐《は》いた。

溜息《ためいき》ではなく、胸いっぱいの満足感を吐き出すような、そんな行為《こうい》だった。

「いい話だったなぁ。正直、『子供だましでなければ……』と言って申し訳ないと、今は思っている」

しみじみと言う。

「夢をかなえるために旅立たなければならないヒロイン。別れればもう二度と会えないかもしれない。それなのに、あの主人公は……少年は彼女を見送るんだ」

また涙がこぼれた。

「どれだけ切なかっただろうな。どんなに恋《こい》しかっただろうな。あの演技はよかった。最後のキス……。秘《ひ》められた熱情が伝わってくる。そんな演技だった」

「確かに俺もすごいと思いました。……気に入ってもらえたようでよかったです」

刃更は長谷川の涙を自分のハンカチで拭う。

「長谷川先生がこんなに感情移入するタイプだったのは意外ですけど」

「さっきのハンバーガーもだが、お前は私をどんなタイプの女性だと思っている？」

少しすねた顔をする。

「私だって女の子だ」

一転して微笑《ほほえ》み、長谷川は刃更の手を引いた。

「さあ、待たせてすまなかったな。デートを続けよう」

「は、はい」

長谷川に引っ張られるまま、刃更はショッピングモールを歩いていく。

「あ！」と、声を出し、長谷川はテナントのひとつに走り寄る。

「どうだ、こういうのは？」

眼鏡屋だった。

長谷川は店頭のサンプルをかけてみせる。いつものアンダーリムの眼鏡とは違い、フレームが特に強調されるようなものだった。

「けっこう印象が変わり――」

「次はこっちだ」

刃更の返事を待たず、サンプルを戻《もど》すと、足早に別の店舗《てんぽ》を目指す。

今度はアパレルショップだった。

「こういうのは……さすがにちょっとキツいか？」

長谷川が手にしたのは、今の彼女が着ているかわいらしいものよりも、さらに愛らしさが強調されたものだった。

フリフリとした飾《かざ》りが多く、幼い印象すら受ける。

「どう思う？」

「かわいいですけど……」

「あ！　あっちの店も」

さらに靴屋《くつや》に向かう長谷川を、刃更は慌《あわ》てて追う。

「スニーカーもはくのは嫌いじゃないが。どうだ？　こっちの靴も……」

「待ってください」

また刃更が応《こた》える間もなく別の店に向かおうとした長谷川を、彼は止めた。

「なんだ？　もう疲《つか》れたのか？」

苦笑《くしょう》と共に振《ふ》り向いた長谷川は、刃更の表情を見て、静止した。

「何かあったんですか？」

彼女の手を握《にぎ》ったまま問う。

「何か、とはなんだ？」

「今日の長谷川先生は新鮮《しんせん》です。いつもと違っている先生もいいと思う。意外な面も見ることができました。でも……無理にはしゃいでいるような、そんなふうに見えてしまう」

刃更の顔は真剣《しんけん》だった。

「東城……」

長谷川は目を伏《ふ》せる。

「そうだな。お前はそういう奴《やつ》だ。だから、橘たちも……」

「橘が？」

「いや、それは今は関係ない。そうだな……」

長谷川は少しだけ迷いを見せたが、顔を上げ、刃更の顔をじっと見つめた。

それから口を開く。

「先月。お前と長い時間を共に過ごすことができた。深い絆《きずな》を持つことができた。それは本当に嬉《うれ》しい。でもな……」

彼女の顔が曇《くも》る。

「バレンタインに、私は教師として、お前の周りの……いや、お前たち以外も含《ふく》めて、学生として同じ時間を過ごす生徒たちの姿を見てきた。同じ場所で、同じ時を、同じ日を生きる。それは私にとってあまりにもまぶしい光景だ。だって、私はお前とは別の時間の流れを生きてきている。ただ年齢《ねんれい》が違うというだけですらない」

長谷川は遠くを見つめる。

「私は十神。普通《ふつう》の人間ではない。お前たちのように学生として、この世界での時間を過ごしたこともない。まあ、お前は少々特殊《とくしゅ》な身の上だが……それでも。私はお前とは違う」

彼女の表情はどこか諦《あきら》めたようで、

「だから……なんとなく、な。お前と同じ時間を過ごしているような。そんなことをしてみたかったんだと思う。教師と生徒でもなく、初めて来るショッピングモールで手探《てさぐ》りでデートするような……。おかしいな」

寂《さび》しげでもあった。

「それに……」と、長谷川は続ける。

「いつかお前と離《はな》れる時が来るかもしれない」

「そんなこと……」

「そう思ってしまうと、怖《こわ》くて、切なくてな。だから、さっきの映画にも必要以上に感情移入してしまった」

「長谷川先生」

長谷川は驚《おどろ》きに目を瞬《しばたた》かせた。

刃更に強引《ごういん》に抱《だ》き寄せられていたのだ。

「俺は離しませんよ」

長谷川が少し痛みを感じるほどに、刃更はしっかりと彼女を抱き締《し》めていた。

間近に迫《せま》る刃更の目はまっすぐ過ぎるほどまっすぐ長谷川を見据《みす》えている。

彼女は驚きの表情を、慈《いつく》しむものへと変えた。

「バカ……。今日は外なんだぞ。聖ヶ坂《うち》の生徒がいないと言っても」

頬《ほお》に朱《しゅ》を宿しながら、長谷川が言ったのと同時に、周囲の雰囲気《ふんいき》が変わった。

大勢いた客がいなくなり、無人のショッピングモールが残される。

世界のみを切り取り、ずらした空間にコピーとして作り出すタイプの結界だ。

自分を抱く刃更に長谷川はより身を寄せる。

ほとんど擦《こす》りつけるかのように、身体《からだ》と身体が重なり合い、愛らしい服に包まれた豊かな乳房《ちぶさ》が形を変える。

「ん……」と、長谷川が声を漏らした。

「東城……。私の全てを覚えていてほしい」

彼女が口にしたのは、先程《さきほど》の映画の言葉だった。

この地を去るヒロインが、主人公の少年に自分を刻もうとした時に言った台詞《せりふ》。

身を重ねたまま、二人は掌《てのひら》と掌をも重ねる。指と指が絡《から》み合っていく。

身体と身体、手と手を重ね、さらには刃更の脚《あし》を太ももが挟《はさ》み込む。

これ以上ないほどに密着した状態で、長谷川は刃更の唇《くちびる》を奪《うば》った。

「ん……ん、んちゅ♥んんっ」

触《ふ》れ合った唇を強く押しつけ合う。さらに長谷川の舌先が刃更の口の中へと入り込み、
彼もまたそれに応じた。

二人の舌と舌が互《たが》いを求め、絡み合い、淫靡《いんび》な水音を鳴らす。

「ちゅ、んん、ふっ……んんんっ♥」

お互いの唾液《だえき》が流れ込み、入り混じっていく濃厚《のうこう》なキス。

キスを続けたまま、長谷川は刃更の手を自分の腹に、腰《こし》に導く。

「触れてほしい」

キスの息継《いきつ》ぎのように彼女は言う。

刃更はそれに従い、服の上から長谷川の身体を掌で味わう。

冬服の分厚く柔《やわ》らかい生地《きじ》の下に、確かに女の身体が存在する。女性特有の柔らかな感《かん》触《しょく》と、服越《ご》しでも確かに伝わってくる体温。

「あ、ん……はぁぁぁ♥　東城……」

唇を離して、長谷川は切なげな息を漏らす。

刃更の手は腹を撫《な》で、腰をつかみ、スカートの上から尻《しり》を揉《も》む。

「ふぁっ、あっ……♥　そこだ。私を……もっと私を感じて、んっ、はぁっ」

刃更の唇が再び彼女の唇を塞《ふさ》いだ。

「ん、んんっ」

キスを貪《むさぼ》り、瞳《ひとみ》を蕩《とろ》けさせながら、長谷川は自ら胸を大きくはだけた。

刃更の手をそこへ誘《いざな》う。

いつもとは違《ちが》う服の、完全に開いていない胸元《むなもと》に刃更の手が滑《すべ》り込んでいく。しっとりと汗《あせ》で湿《しめ》った肌《はだ》が掌に貼《は》りつく。

「ん……。あぁっ」

手が奥へと進めば、そのたびに長谷川は重ねたままの唇から切なげな息を漏《も》らし、喘《あえ》ぐ。

刃更は双丘《そうきゆう》の谷間へとたどりつく。

服を完全に脱《ぬ》がず、押さえ込まれた形の胸はいつにも増してその谷間を深くしていた。

膨《ふく》らみと膨らみの間に入り込む、刃更の指。

「あぁ、あっ♥」

長谷川はキスを続けることができず、刃更の手をより強く握る。刃更の手を胸に導き、役目を終えたほうの腕《うで》は彼の逞《たくま》しい肉体を抱き締めていた。

「東城。もっと、奥へ……う、あぁぁ♥」

「わかってます」

刃更の手は奥へと進み、ブラの内側へ入り込み、膨らみを直《じか》に揉む。押さえ込まれたままの乳首にその指先が触れた。

「あ、あぁぁぁ、んっ！　んんっ♥」

声を上げる長谷川の唇を刃更のほうから塞ぐ。

指と指、身体と身体、舌と舌が濃厚に絡み合っていく。互いの体温や息遣《いきづか》い、全《すべ》てが混ざっていくような心地《ここち》。

「かわいいです。先生。その服も、今日の先生も」

「ん……。変に、思われなくて、あっ♥　本当によかった」

刃更と長谷川は互いの全てを感じていた。

「先生は……いや、アフレイア。お前はここにいる」

刃更は長谷川千里の本当の名を口にする。

「俺は絶対にお前を離さない。もう既《すで》にお前と同じ時を歩んでいる」

「東城……」

長谷川が幸せそうに目を細めた。

もう一度、二人は口づけを交《か》わす。長い長い口づけ。

「ん……」

そのあとで長谷川は唇を離す。

「すまない」

彼女は密着していた身体を離した。自然と刃更の手も離れる。

「先生？」

「これだけじゃ我慢《がまん》できなくなってしまった」

長谷川は苦笑していた。

刃更は一瞬《いっしゅん》きょとんとして、それから同じように苦笑いしてしまう。

「確かに。俺もです」

「だから、東城。ここからは……いつもどおりでいいか？　同じ時間を生きる人を羨《うらや》む私ではなく……東城刃更と共に歩む私で」

「ええ。今日の先生もかわいいですけど。いつもの先生がいいです」

「言っておくが、かわいいと言われると照れるんだぞ」

目を逸《そ》らして言う。

長谷川ははだけていた服を戻《もど》すと、視線を巡《めぐ》らせた。

途端《とたん》に周囲にざわめきが戻ってくる。結界が解除されていた。

「じゃあ、いつものように……。私の部屋へ行こうか」

言いつつ、刃更と腕を組んだ。

「はい。長谷川先生。行きましょう」

長谷川と共に、刃更はショッピングモールの出口に向かって歩き出す。

「なあ、東城」

しばらくして長谷川は言った。

刃更が見ると、長谷川は悪戯《いたずら》っぽい目をする。

「もう一度呼んでみてくれ。私の名を」

刃更は少しだけ驚き、それから表情を正した。

「行こうか。アフレイア」

刃更と長谷川はまた二人だけの時間を過ごす。

同じ時間を歩んでこなかったとしても、ここから先は共に歩む。手放しはしない。

長谷川も、刃更もその想《おも》いを強く胸に刻み込む。

第四章　サキュバス・オリエンタル！

1

「美術館に行きたい？　万理亜《まりあ》が？」

「そうです。この世界の芸術に触れておきたい。魔界《まかい》との違いを確かめてみたい。そんな知的欲求が私を突《つ》き動かすんですよ」

　その会話が交《か》わされた翌日。

　刃更《バサラ》は万理亜と共に、都内のある美術館を訪《おとず》れていた。

「言われるままに来てしまったけど……」

傍《かたわ》らでやけにウキウキとした様子を見せている万理亜を、心底訝《いぶか》しげな顔で見る。

「言っておくが、裸婦像《らふ》とかは芸術であって、いやらしいものじゃないぞ」

「何を言うんですか。エロもまた芸術には欠かせないものなのです。エロスと美——それは不可分な存在なんですよ。それとも、刃更さんは芸術とエロスに明確な線引きができるという、そんな幻想《げんそう》に取りつかれた奴《やつ》らの手先ですか⁉」

「いや、誰《だれ》だよ。『奴ら』」

言いつつも、刃更は少し考えてみる。

過去、芸術作品と言われたものには裸《はだか》を描《えが》いたものもあれば、タブーとされる行為《こうい》に迫《せま》るものもある。

「……確かに。明確な線引きはできないものか」

「そうですよ。芸術とエロ……それらは互いに影響《えいきょう》し合い、高め合う関係にあるんです」

普段《ふだん》、エロのみを追求し過ぎている万理亜の言葉に釈然《しゃくぜん》としないものはあるものの、それゆえの説得力を感じてしまい、刃更は納得《なっとく》せざるをえない。

話しているうちに、美術館の建物が見えてくる。

想像していたよりもずいぶん小さな美術館だった。街中から離《はな》れた場所にある建物は、派手な装飾《そうしょく》もなく、周囲に木々が多いことも相まって、落ち着いた佇《たたず》まいをみせている。

「いいところだな」

刃更はしみじみと言う。

「刃更さん。こっちです、こっち！　早く来てくださいよー」

見れば、万理亜がいつの間にか美術館の入り口のほうで手招きしている。その手には既にチケットが握《にぎ》られていた。

「いつの間に……」

あまりのモチベーションの高さに苦笑《くしょう》しつつも、刃更は万理亜と共に館内に入った。

建物の中もまた外観と同じく広くはないものの、落ち着いた印象を受ける。

外にまで行列ができるほどではなかったものの、館内には多くの客がいた。

自然、刃更と万理亜は前の人に続く形で並び、ゆっくりと展示物を見ていく形になる。

万理亜がどうしても観《み》たいと言っていた絵を観るために、たくさんの人が来ている。

ここまでそれほど興味を持っていなかった刃更も、どんなものが展示されているのか気になり始めていた。

列が進み、展示された絵が目に入る。

それは海外の絵画ではなく、日本の絵画だった。それも江戸《えど》時代以前のものが中心だ。

独特の画風で描かれた肉筆画や、何色もの色を刷《す》り出した木版画――いわゆる浮世絵《うきよえ》が並んでいる。描かれている時代は平安期から江戸時代、人物は公家《くげ》や僧《そう》、武士、女官《にょかん》、一般庶民《いっぱんしょみん》までと幅広《はばひろ》い。

彼らは生き生きと日々の生活を送り、抱《だ》き合い、接吻《せっぷん》し、そして、愛を睦《むつ》み合っている。かなりモロな描写《びょうしゃ》で。

「全部エロい絵じゃねえか！」

刃更はつっこんだ。周囲の人に配慮《はいりょ》して、辛《かろ》うじて小声に抑えたのは、神速剣術使い《インフィニット・スレイヤー》の類《たぐい》まれな反射神経のおかげだったような気がする。

よくよくチケットを見れば、そこには『春画展』の文字。

春画——つまりは、昔のエロイラスト、あるいはエロ本だ。

「そうですよ。どうかしましたか？」

万理亜はきょとんとしていた。

「一言も言ってなかっただろ」

「そうでしたっけ？」

やはりきょとんとするが、明らかにとぼけているだけだと刃更にはわかる。

「そういえば……。ずいぶんと二人だけで出かけることにこだわってたな」

思い返せば、澪《みお》たちに話さないようにと誘導《ゆうどう》されていた。

「刃更さんと二人だけでイキたかったんです」

「変な言い回しをするな」

上目遣《うわめづか》いですがりつく万理亜を一蹴《いっしゅう》する。

「だって、澪さまなら絶対反対するじゃないですか。『そんなの観たら、また変なこと思いつくでしょ！』とか！　思いつきますよ。エロのインスピレーションの塊《かたまり》ですよ」

「澪の言うことがカケラも間違《まちが》ってないだろ」

ふと、チケットに目を落とした刃更の眉《まゆ》が動く。

「……というか、この展示、年齢《ねんれい》制限あるんだが」

「春画ですからね。エロい本にも年齢制限はあるじゃないですか。当然ですよ」

「え？　お前が言う？」

「ちなみに、この展示のチケットを買う時に少しだけ魔法を使いましたけど、必要悪です。私はエロのためなら、悪に手を染めることも厭《いと》わない……！」

「お前……」

「観たかったんです！」

声を上げた万理亜の目は、さっきまでとは打って変わって真剣《しんけん》そのものだった。

「私は淫魔《サキュバス》です。だから、本来淫魔がいないはずのこの世界で性とエロがどのような形で発展し、表現されていったのか。それを学びたかったんです。性の歴史を紐解《ひもと》くのは、私の使命だと考えてもいます」

「……言いくるめられている気もするけど」

彼女のまっすぐ過ぎる瞳《ひとみ》は真摯《しんし》な想いをぶつけてくる。エロに対しての真摯な想いだが。

とはいえ、万理亜の言うこと自体にも一理あると刃更は思う。

この世界と魔界に別々の文化が存在するように、人と淫魔という種族の間にも文化の違いはある。世界まで隔《へだ》てればその差はいかなるものか？

「そうだな。お前らしいと思う。確かにサキュバスとしては興味もあるよな」

「刃更さん！　ありがとうございます。私、いっぱい学びますね！」

パッと顔を輝《かがや》かせると、万理亜は春画の数々に向き直り、じっと見入る。

それを横目に、刃更もまた春画を見ていくことにした。

「多分……。これはすごいものなんだよな」

刃更は芸術に対しては素人《しろうと》だ。そんな彼でも目の前の春画にそそぎこまれた技術や、書き手のこだわりが伝わってくるように感じた。

ただ一枚の絵画の中に、その時代の文化、営みがあり、時には人間そのものへの痛烈《つうれつ》な皮肉すら内包したものもある。

一目でわかるほど贅《ぜい》を尽《つ》くされた、金や銀で彩《いろど》られた春画までもが存在した。

「わかりますか？　さすがは刃更さんです」

万理亜はそれらを代表でもするかのように、満足げに頷《うなず》く。

「日々の屈服《くつぷく》は伊達《だて》ではありませんね。私が認めた逸材《いつざい》です」

「褒《ほ》められてるようだが、喜ぶべきかは複雑な心境だ。あと、なんで上から目線なんだ」

「だって、私はエロのプロフェッショナルですよ？」

今日の万理亜はことごとく理にかなっているようなことを言うので、若干《じやつかん》の腹立たしさを感じざるをえない。

とはいえ……刃更は考える。

サキュバスという種族はその方向性がエロに偏《かたよ》っているが、相当勤勉な種族なのかもしれない。普段の万理亜も、エロゲという異文化に綿密な調査を重ねている。

「それを勤勉と言うのかどうかはわからないが――」

刃更が思い出したのは、万理亜の姉、ルキアの姿だった。

刃更にとってのルキアは淫蕩《いんとう》なサキュバスとしての姿よりも、魔界の穏健《おんけん》派を率いるラムサスの有能な副官としての印象が強い。

冷静沈着《ちんちやく》で、その実力も高い。自分にも他人にも厳しい。だから、万理亜への愛情も表には出さない。

そんな彼女の姿を、エロス方面に特化させれば万理亜になるのだ。

刃更は眉間《みけん》を押さえる。その発想が正しいのか、自分で疑問に思った。

「でも、シェーラさんなら、万理亜に近いか」

万理亜の実母、シェーラ。二人の淫魔の母でありながら、万理亜に負けず劣《おと》らず幼い容姿を持つ女性。

自由奔放《ほんぽう》で悪戯好きな彼女が、上機嫌《じょうきげん》かつハイテンションに春画を見物している姿を思わず思い描いてしまう。

「……ん？」

刃更は瞬《まばた》きし、それから目を擦《こす》った。頭の中で思い描いたシェーラが目の前から消えない。

「へー。カッパ！　カッパね！　オリエンタルモンスターとエロいことを……。すごいわねえ。カッパ。尻子玉《しりこだま》プレイ！」

しかも、喋《しゃべ》っている。

加えて、刃更が想像もしていなかった、大きいサングラスと、マスクに帽子《ぼうし》で変装までしている。

彼女はそんな姿で春画を見て、しきりに納得していた。ハイテンションで。

「本人だ！」

またも叫《さけ》びそうになったのを、小声で堪《こら》えることができたのは、刃更が多くの強敵と刃《やいば》を交え、常人ではありえないほどの実戦経験を積んでいたからにほかならない。

「お母さん、どうしてここにいるんですか」

万理亜は万理亜で啞然《あぜん》としていた。

やはり本人であり、万理亜で、自分の脳内存在ではないことを、刃更は確信せざるをえない。

シェーラがマスクとサングラスを取る。

「来ちゃった」

テヘッと照れ笑い。

「『来ちゃった』……じゃないですよ！　だって、今、お母さんは……」

万理亜が慌《あわ》てふためく。

「ええ。もちろん、自分の置かれている状況《じょうきょう》はわかっているわ。魔界《まかい》では穏健派、現魔王派の対立に一応の決着がついた。だけど、両者が緊張《きんちょう》状態にあることは変わらない。双方《そうほう》、前魔王の娘《むすめ》である澪ちゃんに干渉《かんしょう》しない。そう定められた以上、穏健派に所属する私がこうしてあなたたちと接触《せっしょく》することは危《あや》うい状況を生む可能性がある……。そうね？」

刃更と万理亜を見つめる彼女の顔に、いつもの自由奔放かつ柔《やわ》らかな表情はない。

万理亜が緊張に身を強張《こわば》らせる。

彼女が言ったことは正しい。そこまで理解しながら何故《なぜ》、シェーラはここに？　と、刃更は思考を巡《めぐ》らせていく。

彼女がここにやって来た意味――。

「だけど、私のエロへの探求は止めることなんてできないわ！　人間界の、日本のエロが一堂に会するこの機会。逃《のが》すわけにはいかないのよ！　わかるでしょ？」

「なるほど！　わかります！　お母さん！　それならしかたないですね！」

「一発で納得《なっとく》しやがった!?」

「さあ、人間界の技術の粋《すい》を結集したエロを堪能《たんのう》しましょ」

「はい。お母さん」

愕然《がくぜん》とする刃更を尻目に、シェーラと万理亜は二人で並んで春画の数々に見入る。

「これがサキュバス……」

刃更はそれをなんとも言えない顔で見送るしかない。

肩《かた》を並べた小柄《こがら》な淫魔たちは真剣ながらも本当に嬉《うれ》しそうに春画を観ていた。

「……あいかわらず本音のわかりにくい人だ。シェーラさんは」

春画を観《み》たくて来たということ自体は間違いなく本音だ。

それと同時に、シェーラは万理亜に会いに来たのだと刃更は思う。

シェーラも言っていた澪と魔界の関係。シェーラが万理亜と会いづらいのと同じく、万理亜もまた実の母であるシェーラや、姉のルキアと会うことは難しい。

普段《ふだん》から明るく振《ふ》る舞《ま》って、そんな寂《さび》しさをまったく表に出さない万理亜だが、それでも、普通の女の子だ。両親を恋《こい》しく思うこともあるだろう。

刃更自身は澪と出会うまで、傍《そば》に父――迅《じん》がいてくれた。だから、《里》でのことがあっても、母がいなくても耐《た》えてくることができた。

両親の大切さは彼にも理解できる。

だから、シェーラは来たのではないか？

そして、奔放でいながら抜《ぬ》け目ないところがあるシェーラは、密会の場所に、春画展という場所を選んだ。

サキュバスが赴《おもむ》くには自然な場所で、秘密裡《ひみつり》に監視《かんし》する者がいたとしても、美術館内ではシェーラに見つからないことは不可能だ。そもそも、サキュバス以外の魔族の場合、真顔で春画展を監視しようという発想はなかなか出てこない。

シェーラのそんな親心を感じ、刃更は微笑《ほほえ》ましい気持ちになる。肩の力も抜けた。

「女ばかりのお寺に忍《しの》び込んでハーレム状態に！　女ばかりの島に流れ着いてハーレム状態に！」

「ハーレムはやっぱり憧《あこが》れるわよねぇ。千年前から変わらないわね」

「お母さん。人間界《こちら》でも女騎士《きし》ものはあるのですけど、女武者ものがありましたよ！　しかもこれ、屏風《びょうぶ》です！」

「やはり男勝《まさ》り、あるいは男装の娘が時に見せる女の顔というのは盛り上がっちゃうわね！」

「お母さん！　今度は女装した男性が女性と……！　というのがあります！」

「マリアちゃん観て。こっちには獣《けもの》ものがあるわ。この世界には獣人《じゅうじん》はいないはずなのに……」

「もしかして、過去に人間界を訪《おとず》れた獣人系魔族がエロ伝承となって残ったものでしょうか？　どちらにしてもなかなか背徳感あふれますね」

「ああ、春画展最高だわ！　来ることができてよかった」

はしゃぐ二人を見て、刃更は考え直す。

シェーラは本当に春画展が観たいだけの理由で来たんだろうか？

「じゃあ、マリアちゃん。そこで跪《ひざまず》いてみて。そうそうその感じ」

「きつく縛《しば》ってもらっても大丈夫《だいじょうぶ》ですよ」

「縛る時はね。ちゃんとした技術でやれば、傷にはならないのよん」

「さすがお母さんです。痛くないです」

「いや、何してるんだ!? いつの間にか結界まで」

刃更がふと気づいた時には、周囲の人々は消えていた。先日、長谷川《はせがわ》も使った、周囲をコピーするタイプの結界だ。

刃更が気づく間もなく、シェーラが結界を展開したのだということを理解し、その精度と速度に舌を巻く……が、そんなことよりも刃更が愕然としたのは目の前の光景だった。

シェーラがどこからか取り出した縄《なわ》を近くの柱にくりつけ、それを用いて、跪いた万理亜を後ろ手に縛り上げている。

「シェーラさん。これは……」

「大丈夫よ。結界があるから」

「やだなぁ。刃更さん、何を慌ててるんですか。いつものことですよ」

「いつもの!? いつものって、何がどういつものなんだ?」

「実践《じっせん》よ。やだわ。刃更君。決まってるでしょ?」「そうですよ。刃更さんはもうー」

「もしかして、驚《おどろ》いている俺のほうがどうかしてるのか？」

刃更に構うことなく、シェーラたちは作業を進める。

「さあ、マリアちゃん。今のあなたはこの姿なのよ」

シェーラが持ってきたのは春画の一点。その中では今の万理亜とまったく同じように、女性が柱に縛られている。

「さすがお母さんの結界。コピーは完璧《かんぺき》ですね」

「場の記憶《きおく》を利用するものだからね。印象的なものであればあるほど、こちらの術式の補助をしてくれるわ。つまり……みんなの想い《エロい心》、ムダにはしないわん」

「術式としては間違《まちが》ってないけど……」

サキュバス流の結界構築の理屈に刃更はやはり驚きを禁じえない。

「さて。マリアちゃん。どうかしらん？　今の気分は」

「うーん。まだ何も感じませんね」

「そうよね。だって、今のマリアちゃんには足りないものがあるもの。ねえ、刃更君」

「そこで俺に振るんですか？　わからないですよ。本当にわからない」

「いいからいいから。ほら、こっちに来て手伝って」

「はあ」

言われるままに刃更は万理亜の前に立つ。

「難しいことはしなくてもいいから。この絵と同じことをするだけよん」

「同じ……」

刃更はシェーラが手にした春画に目をやる。

独特のタッチで描《えが》かれた絵の中では、万理亜と同じ形で女性が縛られている。服の形状こそ違うものの、万理亜も絵の中の女性も服がはだけていた。

そして、その前には相手役である男性がいる。彼は男性にとって最も大事な場所を晒《さら》していた。

「待った。シェーラさん。これはできない」

「……そう？」

「無理です。これだけは無理。結界の中でも無理」

刃更は若干《じゃっかん》必死で抵抗《ていこう》する。いつもの屈服《くつぷく》とは訳が違う。

「それじゃしょうがないわねぇ。そこで、マリアちゃんを見てあげて。絵の中みたいに」

「そのぐらいなら……」

言われたとおり、刃更は拘束《こうそく》された万理亜を見つめる。

上着は脱《ぬ》がされていた。不自然な姿勢で縛られているせいで、スカートは半ばまでまく

れ、黒いタイツに包まれたももまでが露《あら》わになっている。

緩《ゆる》められた襟元《えりもと》からは白い肌《はだ》と華奢《きゃしゃ》な鎖骨《さこつ》が見える。それだけではなく、ほんのわずかだが下着まで垣間《かいまみ》見えていた。

さらに、身を反らすような姿勢は小ぶりな胸を強調する。それは目の前の華奢な少女が既《すで》に女であることを示すかのような光景だった。

万理亜が淫魔《いんま》であることを知る刃更とて、その姿は可憐《かれん》な少女が辱《はずかし》められている姿に見えてしまう。

刃更は思わず生唾《なまつば》を飲み込んでいた。東城《とうじょう》家では（主に万理亜のせいで）珍《めずら》しい光景ではないはずなのに。

一方、反応を示していたのは刃更だけではない。

いつもとは違い、何も言わずに自分のことをじっと見つめる刃更の姿に、万理亜は違和《いわ》感《かん》を覚え始める。それは居心地《いごこち》の悪さというよりも、羞恥《しゅうち》だった。

なんとなく感じた気恥《きは》ずかしさに、万理亜は思わず目を逸《そ》らそうとしてしまう。

「だーめ」

それをシェーラが妨《さまた》げた。

彼女は万理亜のあごに手をかけ、顔を背《そむ》けることができないようにする。

まさしく小悪魔そのものの微笑《びしょう》と共に、シェーラは万理亜の視線を刃更に固定する。

その上で、手にした春画を万理亜の視界に入れた。

絵の中では今の刃更と万理亜のように、男性と縛られた女性が向かい合っている。

刃更と万理亜に言葉はない。心なしか息が荒《あら》い。雪のように白い頰《ほお》には、確かな朱《しゅ》の色が落ちている。何かを求めるように赤い舌が唇《くちびる》を舐《な》めた。

「どうしたの？」

シェーラが耳元で囁《ささや》く。

「……なんでも、ないです」

そうは言ったものの、万理亜は耳朶《じだ》をくすぐる母の吐息《といき》に心地よさげそうに目を細めて、拘束された身をよじっていた。

「そうね。なんでもないわよねぇ」

シェーラの手が万理亜の首筋を撫《な》でれば、小さな身体《からだ》がビクンと震《ふる》える。

「ちょっと汗《あせ》をかいてるだけで──」

続けて、シェーラは娘の胸元《むなもと》に手を伸《の》ばして、弾《はじ》くように触《ふ》れる。

「──あっ」

「ちょっと乳首《ちくび》が固くなってきているだけよねぇ」

クスクスと笑うシェーラの瞳《ひとみ》には淫靡《いんび》で怪《あや》しい輝《かがや》きが宿る。

「どうして興奮しているの？　さっき縛った時と、身体は同じ状態のはずなのに」

「それは――」

何も言えないまま、万理亜は甘い息をこぼす。

「私が教えてあげるわね。今、マリアちゃんは刃更君に見られている。羞恥という感情はね。見る人がいることで初めて効果を発揮するの。鏡と同じ。いやらしい姿をしている自分を、刃更君を通じてようやく自覚できる」

「刃更さん、が……」

「あなたも人に見せつけてのプレイは好きでしょ？　澪ちゃんたちにするわよね。それともうひとつ」

手にした春画を蕩《とろ》け始めた万理亜の瞳に映す。

「この春画と同じ状況《じょうきょう》を作ったわよね。これによって、あなたは春画の登場人物に感情移入してしまっているのよ。前に、魔法でエロゲに感情移入させるような方法を使ったでしょ？　それと似たことを今されてるのよん」

「私が、自分を重ねて……んっ」

春画の中で女性は縛られ羞恥を覚えながらも、その表情は艶《あで》やかで、抑《おさ》えきれぬ快楽が滲んでいる。

「あぁ……。これ、私、よけいに……ん、はぁっ♥」

切なげに内ももを擦《こす》り合わせて、万理亜は乱れた。

「そうそう。春画にはこういうのもあるわよ。はい、刃更君」

シェーラがどこからか取り出した春画のコピー。それを受け取り、刃更は目を丸くする。

「これって――。本当に春画そのままなんですか？」

新たな春画には絵に加えて、細かい文字がビッシリと書き込まれていた。

そこにいる男女が置かれたシチュエーションから、台詞《せりふ》、驚くべきことに擬音《ぎおん》までが書かれている。

「読めるように文字を調整してあるけど、そのままよ。すごいわよね。現代のエロ漫画《まんが》と変わらないんだもの。書き入れっていうの」

魔界の住人が現代日本のエロ漫画に通じていることにも驚かざるをえないが、それはそれとして、数百年前に書かれた春画が到達《とうたつ》していた領域には刃更も素直《すなお》に驚いてしまう。

「じゃあ、刃更君。読み上げて」

「俺が……ですか？」

「うん。お尻《しり》を撫でながら、ほら」

恐《おそ》ろしく無邪気《むじやき》に言われて、刃更は少し迷いつつも、万理亜の傍《かたわ》らに移動する。

「すまん。万理亜。シェーラさんが収まらなそうだから」

「はい……。刃更さん」

万理亜は湧《わ》き上がる感情を抑《おさ》え込むように唇を噛《か》み、潤《うる》んだ目で刃更を見上げる。

その仕草に、刃更もまた感情が昂《たか》ぶるのを感じた。

自分も春画の影響《えいきよう》を受けているのか？　それとも、恥じらう万理亜の姿が艶やかだからか？　そんなことを思いつつも、シェーラに渡《わた》された春画の書き入れに目を落とし、口を開く。

「『どうしたどうした？　感じてねえって言いながら、ここはこんなに熱くなってるじゃねえかぁ』」

言葉と共に万理亜の尻を強く撫で、軽く打つ。

「ひぁっ、あっ♥　あーっ」

万理亜が甘い喘《あえ》ぎと共に悶《もだ》える。

「『どこがいいんだ？　ほらほら、自分で言ってみろい』」

「そ、そんな……。だって、刃更さんが、あっ、あっ♥　触《さわ》られるだけで気持ちいいんです。それなのに、んっ、あっ♥」

万理亜の瞳から涙《なみだ》がこぼれ落ちた。何かを求めるように舌を突《つ》き出す。

「縛《しば》られてるのが私か、春画か、う、あぁっ、はんっ。もうわからないです。でも、もっと……刃更さんっ♥」

流れ落ちる涙を刃更が唇で吸う。

それから身を寄せ、小さな身体を抱《だ》いた。左の手で服の上から胸に触れ、逆の手は尻を強く揉《も》む。

「あぁあっ。ふぁぁぁぁ♥」

一際《ひときわ》高く声を上げた万理亜の首筋に刃更は顔を埋《うず》める。

汗というには甘過ぎる匂《にお》いが刃更の鼻腔《びこう》をくすぐった。

「学びたいのか？　万理亜」

「あっ、あぁ、う、あー♥」

ただ触られているだけだというのに、万理亜はまともに応《こた》えることができない。

心地よさそうに目を閉じ、吐息と共に首を上下させるだけだ。

「じゃあ、学んだらいい。お前の学びたいことを」

「は、はひ。刃更さん。私、人の文化、あっ♥」

「『どの口が言いやがる！』」

刃更の指がスカートの上から彼女のお尻のくぼみを撫でた。

「ああっ！　これ、すご……私、サキュバス的に、あぁっ、んんあっ♥　人の文化、気持ちいいですぅぅ」

「『さあ、やっちまえ！　やっちまえよ！』」

万理亜を縛《いまし》める縄《なわ》を引き、彼女の身をさらに反らしながら、刃更はスカートの内へと手を差し込む。

指がタイツのさらに奥、下着に潜《もぐ》り込み、最も敏感《びんかん》な場所に触れた。

「あぁぁぁぁぁぁっ♥」

万理亜はおとがいを上げ、銀色の髪《かみ》を乱して悶える。

閉《と》ざされた結界に女の匂いが立ち込める中、床《ゆか》に落ちた水滴《すいてき》は汗だけではなかった。

2

「満喫《まんきつ》しましたね！　刃更さん！　人間界の、日本の文化って本当に素晴《すば》らしいですね！」

やけにツヤツヤした顔で万理亜は言った。

シェーラを含《ふく》む三人は既に美術館の中から出ていた。

「あぁ……。世界が輝いて見えます」

その日の空は今の万理亜の笑顔《えがお》のように雲ひとつなく晴れやかだ。

「それはよかったな」

刃更は複雑な表情をせざるをえない。

結界の中なので誰《だれ》にも迷惑《めいわく》をかけていないとはいえ、美術館で万理亜を屈服《くっぷく》させたという事実は、我《われ》に返れば非常に後ろめたい。

「ありがとう。刃更君」

袖《そで》を引かれて振《ふ》り向けば、シェーラが優《やさ》しい表情を見せていた。

少し離《はな》れた場所ではしゃぐ実の娘《むすめ》を、彼女は慈愛《じあい》に満ちた眼差《まなざ》しで眺《なが》めている。

「マリアちゃんはまだサキュバスとしても、女の子としても未熟だわ」

娘の姿に、シェーラはクスリと笑った。

「だけど、こうして別の世界にいることで、魔界では学べないこともたくさん学んでいくでしょう。私以上に多くのことを」

しみじみと言う。それから彼女は背筋を正した。

「まだまだ迷惑をかけるとは思うんだけど。あの子の――マリアちゃんのこと、よろしくお願いします」

シェーラは深々と頭を下げる。

「もちろん」と、刃更は頷《うなず》きを返した。

「あいつは俺たちの家族ですから」

心からの言葉だ。

「ありがとう」

シェーラは言った。

刃更にはいまだシェーラの本当の目的がわからない。

言葉どおり春画を観《み》に来ていたのか？　それとも、万理亜の様子を観に来ていたのか？

あるいは、刃更をより見定めるべく訪《おとず》れたのか？

ただ、刃更にもひとつだけ確信できることはあった。

シェーラは心の底から万理亜のことを愛している。

「シェーラさん。俺は――」

言おうとして刃更は目をすがめる。

さっきまですぐそこにいたシェーラの姿がない。

「お母さん！　物販《ぶっぱん》ですよ！」

「図録があるわ！　マリアちゃんに買ってあげるわね。そうだわ。手拭《てぬぐい》と図録をルキアちゃんのお土産《みやげ》にしないと」

「さすがはお母さん！　あのカタブツのルキア姉さまがどんな反応をするのか今から楽しみです！」

二人の淫魔《いんま》は物販コーナーではしゃいでいた。

そんな彼女たちの姿に、刃更は呆《あき》れた顔をして、それから表情を緩《ゆる》める。

シェーラの目的がわからなくても、それでいいと刃更は思い直す。

あれでこそ、シェーラなのだ。

「そうだわ。澪ちゃんたちにもお土産にしたら？　この春画ハンカチとか」

「学園生活の必需品《ひつじゆひん》ですね！」

「それは絶対怒《おこ》られますから！」

テンションのあまりに変な買い物をしようとする二人のことは、きちんと止めた。

第五章　さる敏腕メイドの秘め事

1

高価な素材を用いつつも、ムダな装飾《そうしょく》を一切《いっさい》省いた実用本位の執務《しつむ》机がある。

書類の束が山となった向こうにラムサスはいた。

魔界の重鎮《じゅうちん》の一人であり、穏健《おんけん》派を率いる男。前魔王ウィルベルトの実弟と、さ、れ、る、魔族だ。

彼がいるのはウィルダート城内での、彼の執務室だった。

窓の外にはとっくに夜の帳《とばり》が下りている。時計が示す時刻はずいぶんと遅《おそ》い。

ラムサスは黙々《もくもく》と書類に目を通し、サインをし、必要ないものを処分していく。日中の激務のあとに行っている事務作業だが、疲《つか》れた様子は微塵《みじん》もない。

ノックの音がする。

ラムサスは「入れ」とだけ言った。

彼は既《すで》に足音と気配から、その人物が訪ねてくることを予期していた。

「失礼します」

姿を見せたのは、銀色の髪の女性だった。眼差しは氷の如《ごと》く冷たく、剃刀《かみそり》よりも研《と》ぎ澄《す》まされている。その身を包むのは上品な生地《きじ》で仕立てられた、装飾性を最低限に抑《おさ》えたメイド服だった。

ラムサスの副官であり、万理亜《まりあ》の姉でもあるサキュバス、ルキアだ。

「こちらが処理を終えたものになります。ご確認《かくにん》お願いします」

ルキアは束になった書類を置く。

執務机の上に新たな書類がかなりの量増えることになるが、ラムサスは一瞥《いちべつ》しただけだ。

これら書類の多くは魔界の二大勢力、現魔王派と穏健派の間に横たわる問題に関するものだ。対立に一応の決着がつき、和平への会談を重ねるたびに、これまで対立していたことで棚上《たなあ》げされていた問題が噴出《ふんしゅつ》してきた。

ラムサスやルキアも、それらを部下や関係部署に任せることで、効率よく処理しているものの、重要な問題には自ら手を下す必要がある。

これらの問題をきちんと処理し、両陣営《じんえい》の落としどころを見つけることもまた、和平のために必要なことだった。

「ご苦労だった。今日は休め」

「はい。それでは失礼します」

一礼し、ルキアはラムサスの執務室を辞する。

ラムサスが一瞥でルキアの作業が終わったことを確認したことに、彼女は気づいていた。あとはもうルキアにできることはない。そういう判断なのだろう。短い言葉の中に、それだけの意味がある。

しかし、ラムサスにはまだまだ今日のうちにやるべき仕事がある。ルキアでは処理できない類《たぐい》のものだ。

本当のところ、ルキアは「無理はなさらないでください」と声をかけたかった。

だが、それは臣下が行うべきことではなく、ラムサスが自ら為《な》すべきことをしていることもわかっている。

もどかしさを覚えつつも、ルキアはルキアで自ら為すべきことを定めていた。

ルキアの手が及《およ》ぶ範囲《はんい》でラムサスの負担を減らす。ルキアが処理できる範囲の作業は全《すべ》て行う。それが副官としての自分の役割だとわかっていた。

明日《あした》の予定を反芻《はんすう》するうち、ルキアはウィルダート城内の自室にたどりついていた。ラムサスの副官ということもあり、ルキアはそれなりに広い部屋をあてがわれている。整理整頓《せいとん》が行き届いた部屋は、その広さもあり、生活感が薄《うす》い。

そんな部屋のテーブルの上には、真新しいノートPCが場違《ばちが》い極《きわ》まりなく鎮座《ちんざ》していた。

ルキアはまず、ノートPCの電源を入れる。それから、お茶を淹《い》れ、テーブルの上にカップを置くと、椅子《いす》に座った。その頃《ころ》にはPCは完全に立ち上がっている。

ルキアは表情ひとつ変えることなく、ヘッドホンを着けると、マウスをクリックした。

彼女が選んだアイコンは、明らかにゲームのもの。

少しの時間のあと、ディスプレイに現れたタイトルは『俺とリアル妹の青春番外地２』。

すなわち攻略《こうりやく》対象が妹の恋愛《れんあい》ゲーム。クリックを続ければ、甘いボイスと共に始まるやや鬼畜《きちく》寄りの恋愛調教シーン。

つまるところ、エロゲだ。

ルキアは氷のように冷たく、剃刀よりも鋭《するど》い眼差しで、妹が調教されていく様子を見据《みす》えている。

音声はスキップすることなくヘッドホンで余すところなく聞き取り、ムダのないクリックで文章を進める。

ビジュアル、ボイス、BGM。その全てを精査するような遊び方だった。

数時間のあと、スタッフロールが流れ始める。

この間、ルキアはカケラもその表情を崩《くず》すことはなかった。

スタッフロールが終わったところで、ルキアはヘッドホンを外し、タイトル画面に戻《もど》ったディスプレイに再び目をやる。

一瞬《いっしゅん》暗転したディスプレイに、ほんの少しだけ口元を緩めた彼女の顔が映った。

ルキアの眉《まゆ》がかすかに動いた。ディスプレイ越《ご》しに見た違和感《いわかん》。

振り向けばベッドの上に箱がある。

辛《かろ》うじて両手で抱《かか》えられるほどの大きめの箱は、ルキアにとって見覚えのないものだった。

いつから置かれていたのか？　帰った時に何故《なぜ》気づかなかったのか？

疑問を覚えつつも、ルキアは的確な行動を取っていた。術式によるトラップ、続けて物理的なトラップを魔法的な面、物理的な面から調べていく。

どちらも仕掛《しか》けられていないことを確信してから、ルキアは箱に手をかけた。

「これは――」

箱に収められていたものは、箱のサイズと比べて明らかに小さなパッケージだった。むしろ、箱が過剰《かじょう》に大き過ぎる感もある。

ともかく、箱の中には何本ものPCゲームが入っていた。そのことごとくがエロゲだ。

直後、ルキアは拳《こぶし》を握《にぎ》り締《し》め、完全な戦闘《せんとう》態勢に入りながら振り向く。突如《とつじょ》背後に現れた気配に対し、彼女は一瞬の躊躇《ちゅうちょ》も驚《おどろ》きもなくそれを為していた。

しかし、次にルキアがしたことは深く溜息《ためいき》をつくことだった。

「……何をしているのですか？」

彼女の視線の先にいる気配の主は幼い少女のような姿をしていた。人懐《ひとなつ》っこさを感じさせる笑《え》みがルキアに向けられる。

さっきまで誰《だれ》もいなかったはずのそこに立つのはルキアの母、シェーラにほかならない。

エロゲをプレイしていたとはいえ、ルキアは隙《すき》など作らない。ヘッドホンで耳が塞《ふさ》がっていても、侵入者《しんにゅうしゃ》を察知する術《すべ》などいくらでもあった。ましてや、気配が現れたのはゲームを終えてからだ。

「空間魔法でちょっと。ちょっとだけ、ねん？」

いかにもちょっとだけ……というシェーラの手つきに、ルキアは眉根を寄せる。

シェーラが自分以上の空間操作の使い手であることは、承知していたつもりだが、それでもなお息を呑《の》む精度だった。

それはそれとして、自室に空間トンネルをまたも作られたことには冷静なルキアも憤《いきどお》りを覚えざるをえない。

そんなルキアの想《おも》いを気にすることなく、シェーラは我が物顔で部屋を見回す。

「知ってるわよん。マリアちゃんのことをよく知ろうとして、最近、エロゲを遊んでいるの」

ルキアは眉をひそめる。

遊んでいるところを覗《のぞ》き見されていたのか、それとも、不在時に勝手にＰＣを使われたのか……。どちらにしても、苛立《いらだ》たしい。

「そんな理由ではありません」

溜息交じりに言う。

「澪《みお》様には不干渉《ふかんしょう》ということになったとはいえ、今後は人間界との関係に備える必要もあります。ゆえにサキュバスとしての見識を広げ、その文化を知るためにいわゆるエロゲ――美少女ゲームをプレイしているのです」

「うんうん。そうね。それもまたサキュバスね」

思いきり流され、ルキアは眉間《みけん》の皺《しわ》を深くする。

「そうだと思って、こんなこともあろうかと、私が通販《つうはん》しておいてあげたのが、それよん」

シェーラが先程《さきほど》の箱を指差す。

「人間界の通販大手の配達速度。魔界《まかい》でも見習うべきかしら」

「受け取りはどのように……。つまり、勝手に人間界に」

「あ、これはそれとは別のお土産《みやげ》よん」

手渡《てわた》したのはやけに分厚い本と、手拭《てぬぐい》。

「人間界のエロい絵、春画の展示企画《きかく》の図録と、春画の手拭」

「ありがとうございます。しかし、勝手な人間界への移動は問題になるという自覚が――

――」

「急用を思い出したわん！　おやすみ。ルキアちゃん」

言うが早いか身を翻《ひるがえ》し、シェーラは作り出した魔法陣――次元トンネルに姿を消した。

一瞬で消えてしまった魔法陣を睨《にら》み、ルキアはもう一度深く溜息をつく。

残されたのは春画展の分厚い図録と、独特の絵柄《えがら》でエロい絵が描《えが》かれた手拭と、エロゲの山だ。

しばらく考え、ルキアは図録を大事に本棚に収めると、エロゲの箱に手を伸《の》ばした。

2

翌日もルキアが自室に戻ったのはずいぶん遅い時間だった。

激務の疲れなど感じさせない様子で、てきぱきと動く。

PCを起動し、お茶を淹れて、座ってマウスを握る。

ディスプレイ上には昨日は存在しなかったアイコンが並んでいた。

ルキアは昨夜、就寝《しゅうしん》の準備を整えながら、シェーラが置いていったゲームのインストールを効率よく済ませていた。

そのアイコンのひとつをクリックし、ゲームを立ち上げる。

いつもと変わらぬ冷ややかな目でディスプレイを眺《なが》めながら、ルキアはこれまで遊んできた人間界のエロゲへ想いを馳《は》せる。

エロゲはサキュバスであるルキアにとっても非常に興味深いものだった。

ものにもよるが、エロゲにはストーリーがある。主人公やヒロインを魅力《みりょく》的かつ濃厚《のうこう》に描き、その心情をプレイヤーに理解させることで、クライマックスともいえるエロいシーンに没入《ぼっにゅう》させることができる。

サキュバスの文化にも、物語とエロを組み合わせたものは存在するが、これほどの精度のものは見当たらない。

昨夜、熟読してしまった春画展の図録にも、物語性を持つ春画は多く掲載《けいさい》されていたので、長い時間の中で育《はぐく》まれてきた技術なのだろうと、ルキアは思う。

ただし、エロ単体となると話が違ってくる。

過激なエッチシーンに定評があるという評価を見て購入《こうにゅう》した『俺とリアル妹の青春番外地2』。しかし、過激と謳《うた》われるそのエッチシーンが、ルキアには物足りなかった。

淫魔《いんま》サキュバスは性的な快楽を力とする種族。ゆえに、人間界のエロはサキュバスがとうに通り過ぎた世界にほかならない。

「人間にしてはよくやっている……。褒《ほ》めることはできますが。これが限界なのでしょう」

冷めた声で言った。

おそらくもうエロゲから学ぶことはない。昨夜のルキアはそう考えていたし、今も変わらない。

――が、その目が見開かれた。

「これは……！」

上がったのは驚きの声だ。

ゲーム自体は珍《めずら》しいものではない。ストーリーを進行し、要所要所の選択肢《せんたくし》によってメインとなるヒロインやストーリーが分岐《ぶんき》するものだ。

しかし、ディスプレイに映る少女――おそらくはメインヒロインらしきキャラはドラゴンだった。それも人の形をしたものや、人に化けたものですらない。

爬虫類《はちゅうるい》に似ているが明らかに別物とわかる姿。巨大《きょだい》な翼《つばさ》を雄々《おお》しく広げ、牙《きば》を剝《む》く。全身を覆《おお》うのは刃《やいば》にも似た鱗《うろこ》。深き知性とともに狂気《きょうき》すら内包する瞳《ひとみ》が光り、吐息《といき》のたびに炎《ほのお》が散る。

そのメインヒロインは誇張《こちょう》抜《ぬ》きにドラゴンそのものだ。尻尾《しっぽ》の長さを含《ふく》めれば、体軀《たいく》は十メートルを超《こ》える。

『ドラちゃん、待ってー』

愛らしい声がする。

声の持ち主、続けて現れたヒロインはスライムだった。

やはりカケラも人型ではなく、どろどろに溶《と》けた濃緑色《のうりょくしょく》の粘液《ねんえき》がおぞましく蠢《うごめ》いている。愛らしい声は彼女が備える七つの異能のひとつ、粘液の身体《からだ》を用いた擬態《ぎたい》によるもの――という設定らしい。

さらには竜《りゅう》を上回る巨軀を持つ単眼の巨人、サイクロプスは露出《ろしゅつ》の大きいお色気枠《わく》かつ、元気っ娘《こ》。

顔だけ幼女でいわゆるロリババア枠のマンティコア。

巨大ミミズにしか見えない身体から毒を放ち、電撃《でんげき》を放つ不思議ちゃんなモンゴリアンデスワームと続く。

「どのヒロインも人型ですらない……。多くの種族が混在する魔界でもこの種の恋愛《れんあい》は稀《まれ》だというのに……。そもそも、モンゴリアンデスワームとは？」

ルキアは一応、エロゲ『ガチ☆モン・ハーモニー』のパッケージを確かめてみる。

人間界、それも日本の制作会社で作られたものに間違《まちが》いはなかった。そもそも、魔界ではエロゲは生産されていない。

表情こそ変えないまでも、ディスプレイから目を離《はな》すことなくクリックを続ける。

普通《ふつう》の高校生である主人公と、人間界を訪《おとず》れたモンスターとの恋愛。彼女らが抱える問題が描かれ、それを機に主人公と心を通わせていく。種族を超えた調和《ハーモニー》。

そして、エッチシーンがやって来る。

「やはり……そのままですね」

それはサキュバスとして知識があったとしても、実際に目にすることはない光景だった。

ルキアはいつの間にか渇《かわ》いてしまっていた喉《のど》に、冷めたお茶を流し込む。

主人公と全長十メートルのドラゴンが繰《く》り広げる愛あるエッチシーンを見終えたあと、彼女はいったんゲームを終了《しゅうりょう》し、PCの脇《わき》に目をやった。

そこにはシェーラがくれたエロゲの箱が積み重なっている。

昨夜は作業としてインストールしていたため、ルキアはまだその内容を確認《かくにん》していない。

改めてパッケージを確認し、ルキアは今度こそ瞠目《どうもく》した。

「攻略《こうりゃく》対象が全員男の娘《こ》……。これはわかります。しかし……攻略対象全員ロボット!? 下は全長三メートル、上は十五キロメートル。何故《なぜ》、大きさにこだわろうとするのですか！」

思わず声を上げていた。

そもそも、魔界の住人であるルキアはロボットというものに馴染《なじ》みがない。しかし、それでも、魔界でいえばこれが全長十五キロメートルの英霊《えいれい》と恋愛！　というジャンルであることはわかる。

ルキアはディスプレイに映った自分の顔に気づいた。そこには明らかな驚愕《きょうがく》の表情が刻み込まれている。

彼女は深く息を吐《は》いた。

それを終えた時、ルキアの顔から動揺《どうよう》は完全に消え失《う》せている。

ディスプレイを見据《みす》えた瞳には、そこにある全《すべ》てを読み取ろうという意思が宿っていた。

「これが人間界のエロゲ……」

白い指がマウスをクリックし、再び『ガチ☆モン・ハーモニー』を起動する。

「おもしろい。見せていただきましょう。淫魔たる私の、いえ……サキュバスという種の新たな未来のために」

ルキアは笑っていた。唇《くちびる》の端《はし》を上げた笑《え》みは、隔《へだ》てられた世界の理《ことわり》さえ超えて挑《いど》む戦士《淫魔》のそれだった。

3

「母上」

ウィルダート城の一角、ルキアはシェーラを呼び止めた。

「あら」

振《ふ》り向いたシェーラの前に、大きな鞄《かばん》が差し出される。

そこには数日前、シェーラが渡したエロゲの数々が綺麗《きれい》に詰《つ》め込まれていた。

受け取り、シェーラは眉《まゆ》を下げた。

あれからまだ一週間も経《た》っていない。にもかかわらず、ゲームを返される理由はひとつしかなかった。

「合わなかった？　残念ね」

「いいえ。全ゲーム、全ルート、コンプリートしました。ＣＧも埋《う》めています」

「え？」と、シェーラは目を丸くする。

「まだ一週間も経ってないのよ。それに、あなた……エロゲ渡しておいてなんだけど、今、けっこうお仕事大変でしょ？」

「睡眠《すいみん》時間を削《けず》りましたので」

「平然と言うけど、身体大丈夫《だいじょうぶ》なの？」

「当然のことです。徹夜《てつや》する以上、きちんとした体調管理が必要です」

「寝《ね》てないの？」

「問題はありません」

ルキアは自分の鞄から一本の薬瓶《くすりびん》を取り出した。

「魔法薬を用いることで、政務に支障が出ないように調整しています」

「徹夜の時点で体調管理も、調整もないいんじゃない？」

「この魔法薬は身体機能を活性化するものです。これに加えて、私は徹夜の疲労《ひろう》によるダメージを回復させる治癒《ちゆ》薬も用いています」

「……大丈夫なら。それはそれでいいのだけど」

「一週間以内であれば問題ないことは証明されています」

「一週間以上続けないでね」

シェーラにしては珍しく真顔になっていた。

「はい。全て攻略完了しましたので」

少しだけ沈黙《ちんもく》し、それから再び口を開いた。

「ありがとうございました」

深々と頭《こうべ》を垂れる。

「そんなに改まられると、照れちゃうわね」

「いえ。今回いただいたエロゲには感銘《かんめい》を受けました」

シェーラの手にあるゲームを見て、彼女は続ける。

「私は……これまで人間という種をどこかで侮《あなど》っていたのかもしれません」

何かを思い描《えが》くように、彼女は虚空《こくう》を見る。

「戦神ジン・トージョー。魔界の情勢に影響《えいきょう》を与《あた》えるまでの力を見せた東城《とうじょう》刃更《バサラ》。それらを生んだ勇者の一族。その事例を頭では理解しながらも、本質は理解していませんでした」

ルキアは真摯《しんし》な想《おも》いを口にする。

「母上にいただいたエロゲ。それは私が知る限りのサキュバスの視点から考えても、深く広い価値観を感じさせるものでした。そして、いただいた春画展の図録によって、それらを育んできた歴史を俯瞰《ふかん》することもできました」

彼女の表情は穏《おだ》やかだった。

「これが……人の強さ、彼らの強さの一端《いったん》なのかもしれません」

「そうねぇ。ちょっと違うかもしれないし、ずれてるかもしれないけど……。それもまたサキュバスね」

やけに力強く、満足げかつ無責任にシェーラは頷《うなず》く。

「私もより励《はげ》みます」

ルキアは言う。

「サキュバスとして、より深く、より淫《みだ》らに。淫魔であることにあぐらをかくことなく、人という種の作ったエロゲに負けぬように」

ルキアの表情はどこか晴れ晴れとしていた。

「それに……」

呟《つぶや》き、彼女は目を伏《ふ》せる。

「このようなゲームにいち早く目をつけたマリアは、私が思っているよりも大きくなっているのですね」

次元境界を隔てた世界にいる実の妹を思う。

「あの子は……マリアは私よりもずっと広い世界を見ています。だからきっと――」

ルキアの瞳は妹を想う優《やさ》しさに満ちていた。

そんな姉の姿を、母は笑顔で見守る。

4

「さてさてー。今日も澪さまや刃更さんのめくるめく快楽のために、不肖《ふしょう》、成瀬《なるせ》万理亜。エロゲの研究をがんばりますよー」

と、万理亜は気合を入れてPCを立ち上げた。

いつもの如《ごと》く彼女が始めたのは、新たなエロゲを開拓《かいたく》するための情報収集だ。

鼻歌交じりにネット上のいつものコースを巡回《じゅんかい》していく。信頼《しんらい》のおけるエロゲレビューのサイト、公式をフォローしたSNS、メーカーサイトを巡《めぐ》り、ゲームの感想や情報を集める。さらには新規開拓として、気になるイラストレーターやシナリオライターが参加しているゲームもチェック。

巡回と並行してダウンロードしていた体験版をプレイする。

いつもの流れだが、その中で新たな情報源に出会うこともあった。

「うん。このページ。最近できたばかりなのに、いいですね。ブックマークしておいて、定期巡回決定です」

操作しつつ、改めてそのページの文章を読み直す。

万理亜が見ているのは、エロゲレビューのページだった。

最初の印象は非常に客観的で冷静な論評をするレビュアーというものだった。システム面もシナリオ面も、よい部分、悪い部分を機械的ともいえるほど的確に指摘《してき》している。

しかし、読み進めると、その方向とは異なる批評も散見する。

シナリオ、CG、キャラクター個別への感想は、非常に情熱的なのだ。読んでいる万理亜に、書き手の感情が直《じか》に伝わってくるように錯覚《さっかく》するほどだった。

「でもここ……。遊んでいるゲームが明らかに偏《かたよ》っているんですよね。『SRHW《スーパーロボット・ハーレム大戦》』とか、私だっていくらなんでもニッチ過ぎると思ったものですよ。ほんと一部では評判イイですけど。他《ほか》も『ガチ☆モン』とか、これ書いてる人、とんだ変態ですよね。もちろん、サキュバス的には褒《ほ》め言葉なんですが――」

ふと、万理亜の言葉が止まる。マウスを操作する手も固まっていた。

これまであまり気にしていなかったホームページの管理者の名前が目に留まっている。

そのHNは『魔界《まかい》メイド♥ルーたん』。

一瞬《いっしゅん》、万理亜の脳裏《のうり》を『魔界メイド♥ルーたん』と書き込み、エンターキーを押す姉の姿がよぎった。しかも、ルキアはいつもの真顔だ。

「まさかまさかそんな。ありえませんよね」

アハハと笑い、エロゲを（真顔で）一心不乱に遊ぶルキアの姿を振り払《はら》う。

「ともかく……。今後の参考にさせていただきます。澪さまのめくるめく快楽のため、明日《あした》のサキュバスのために！　――うわ！　こんなニッチなゲームも遊んでるんですか⁉　どうかしてますよ、ちょっと！」

万理亜は再び感想を読み進めていく。

彼女たち自身、知る余地もなかった。

だが、姉妹《しまい》、親子の絆《きずな》は次元境界をも容易《たやす》く超《こ》え、新たな可能性を生み出していく。

サキュバス的に。

第六章　東城家、遊園地に行く

1

二月も終わりに近づいたある休日。

電車を降りた刃更《バサラ》はその光景をまぶしそうに見上げる。

眼前に並ぶのは都内のビル群と、それらを大きく上回る大型ホテルの威容《いよう》だ。

その中に、ホテルと並ぶような形で観覧車が回っている。

ドーム球場を中心として、ホテルや遊園地が併設《へいせつ》された一大アトラクションエリア。刃更は東城《とうじょう》家の面々と共に、そこにやってきていた。

「うわぁ！　私、初体験です。刃更さん、私、初めてなんです」

「はしゃぐのはいいが、語弊《ごへい》のない言い方をしろ」

言われて、万理亜《まりあ》はテヘへと舌を出す。

「でも、初めてなのは本当ですよ。テレビで見ることはありますけど」

「私もです」

ゼストが続く。観覧車を見上げる彼女の顔は綻《ほころ》んでいる。

「魔界だと、娯楽《ごらく》は別の形だろうしな」

これだけ大きなものを実際に見るのは確かに新鮮《しんせん》だろうと刃更は思う。

「あたしも遊園地とか久しぶり」

澪《みお》は弾《はず》むような足取りで刃更の横に並んだ。

「約束守ってくれて、ありがとう。刃更」

「俺も楽しみだった」

二月の初め、刃更は澪たちと、みんなでどこかに出かけるという約束をした。希望を募《つの》り、予定を合わせるのに時間がかかったため、この時期になってしまったが、今日は純《じゅん》粋《すい》に、東城家みんなで遊ぶための外出だった。

「私も久々。本当に」

澪と逆の側に歩み出て、柚希《ゆき》が言った。

「小さい頃《ころ》以来」

「確かに……《里》の近くにはこういう場所がないからなぁ」

いざという時に戦場となる可能性がある《里》自体に大きな娯楽施設《しせつ》があるわけもなく、都心から離《はな》れているため、それらの場所に遊びに出るだけでも一苦労だ。《里》の外へ出る場合には許可をとる手間もかかる。

だからこそ、刃更にとって、子供の頃、遊園地に連れて行ってもらった記憶《きおく》は大切なものだった。幼い頃から勇者として育てられ、日々、厳しい修練を課されてきているだけにその思い入れの深さはなおさらだ。

「あの時、迅《じん》さんが連れて行ってくれた」

柚希が言う。

「そうだったなぁ。高志《たかし》も一緒《いっしょ》だったんだ」

まだ幼かった頃の刃更と柚希、高志は行動を共にすることが多かった。あの日もそうだ。

「……あたし、憶《おぼ》えてないんだけど」

唇《くちびる》を尖《とが》らせて、胡桃《くるみ》が言う。

「本当に小さかったからなぁ」

「でも、憶えているはず。妖怪《ようかい》オッスの起き上がりこぼし」

「……？　あ、あぁぁぁぁ！　妖怪オッスの、アレ！　そっか。あの時買ってもらったんだ」

胡桃はポンと手を打つ。

「まだ家にあるよね。懐《なつ》かしい」

胡桃は目を閉じ、想《おも》いを馳《は》せる。

「楽しかったよな。本当に」

刃更もしみじみと呟く。あの悲劇が起きることなど知らず。友情は永遠に続くものだと、信じていた子供の頃。

「……ともかく。そろそろ行こうか」

いつまでも想い出に浸《ひた》ってしまいそうだったので、刃更は言った。

柚希や胡桃、万理亜やゼストが頷き、観覧車を目指して歩き出す。

続こうとして、刃更はふと気づいた。

「澪?」

振《ふ》り返れば彼女だけが立ち止まっていた。

「え、うん。ゴメン。すぐ行くから」

そう言った澪の顔に一瞬の陰《かげ》りを垣間見《かいまみ》る。

刃更は彼女の想いに気づいた。

柚希や胡桃は刃更と同じ幼少期を過ごしている。共有する想い出がある。

だが、澪にはその相手がいない。彼女が幼い時期を一緒に過ごし、おそらく遊園地などに連れて行ってくれた両親は、ゾルギアに殺害されている。

「澪」

刃更は澪の手を取った。

彼女は一瞬驚《いっしゅんおどろ》きを見せる。

「今日は一緒に楽しもうな」

その言葉に澪は瞬《まばた》きし、それから顔を輝《かがや》かせた。

「うん！」と応《こた》えた声は弾んでいる。

手を繋《つな》ぎ、小走りに、刃更たちは柚希たちを追う。

彼女たちは既《すで》に遊園地のゲート前にいた。

「それで、何に乗りたい？」

「それはもちろん」

澪は冬の青空を見上げる。

視線の先にあるものは、都会の空に走るレールの軌跡《きせき》。

ジェットコースターだ。

「定番中の定番よね」

「ああいうの大丈夫《だいじようぶ》なほうなのか？」

「もちろん。あたしだって、これまで修羅場《しゆらば》を潜《くぐ》り抜《ぬ》けてきてるのよ。あの程度じゃ物足りないかもしれないわね」

フフンと鼻を鳴らす。

「戦闘《せんとう》と比べるのはなんだけど。確かにそうかもな」

澪の言葉に刃更も納得《なつとく》する。

そして、十数分後。

冬の空に澪の絶叫《ぜつきよう》が木霊《こだま》した。

2

「大丈夫か？」と、刃更は澪にホットアップルティーを手渡《てわた》す。湯気と共に香《かお》る甘酸《あまず》っぱい匂《にお》い。

「も、もちろ……うっ」

口元を押さえ、しばらくして落ち着いてからようやく一口含《ふく》んだ。

澪は園内のベンチに座り込み、うなだれている。顔色は傍《はた》から見てもよくない。

万理亜や柚希たちはそれを心配そうに見ていた。

「……まさかこんなに三半規管が弱いなんて」

辛《かろ》うじて呟《つぶや》く。

「魔法《まほう》で空を飛ぶこともあるのに」

「車に酔《よ》わない人でも、船に乗ると酔うとか、個人差はあるしなぁ」

同じくジェットコースターに乗った他《ほか》の面子《メンツ》を見てみれば、澪以外はピンピンしていた。

「慣れも大きい」

柚希が言う。

「確かに技《わざ》メインの全応型剣士だと、自分の変化に対応しないといけないもんね。あたしの場合は、普通《ふつう》に飛行の経験が多いだけだと思うけど」

「私もです」と、ゼスト姉《おねえ》が頷《うなず》いた。

確かに二人は三次元的な動きに慣れているため、今さらジェットコースターで酔うこともないと、刃更は考える。

「俺も速度重視だから、慣れなんだろうな。万理亜は？」

一同の視線が万理亜に集中する。

とうの本人が首を傾《かし》げた。

「やはり普段から淫《みだ》らなことが――」

「パワー重視で頑丈《がんじょう》だからか？」

「それ女の子に言う言葉じゃないですよ!?」

「まあ、ともかく。気に病《や》むことじゃない」

「うん」

澪は弱々しく微笑《ほほえ》む。

「気分もよくなってきたし、もう少し休んだら動けると思うから。みんなは他を回って
て」

「でも……」

柚希が戸惑《とまど》い、他の皆《みな》と顔を見合わせる。

刃更は頬《ほお》を掻《か》く。

「――俺も実は少し酔ったな」

不意に言うと、刃更は澪の隣《となり》に腰《こし》を下ろした。

「神速剣術使い《インフィニット・スレイヤー》がジェットコースター酔いとか、かっこ悪いと思ってな。今まで強がっていた」

「刃更？」

冗談《じょうだん》めかして言う。

「だから、みんなは気にせず、遊んできてくれ。俺と澪もあとで合流するから」

「まったく刃更さんは……」

万理亜が苦笑《くしょう》し、柚希たちも頷いた。

「わかりました。それじゃ、私たちは存分にこのいやらしい遊園地を楽しむとしましょう」「どこにいやらしさがあるかわからないよ」

胡桃が眉《まゆ》をひそめつつ、刃更と視線を交《か》わす。

ゼストが一礼し、万理亜は駆《か》けだした。

柚希が「あとで」と、澪に言う。

「うん。あとでね」

無理に笑みを作った澪を残し、彼女たちは別のアトラクションのほうへ去っていく。

刃更も澪も、彼女たちが澪に気を遣《つか》わせないようにと、あえて行ってくれたことは理解していた。

寒空の下、刃更と澪は無言のままベンチに取り残される。

3

「せっかくだから、切り替《か》えますよ!」

しばらく行ったところで、万理亜が言った。

置いてきた二人を気にする様子だったゼストが少しだけ驚いた様子を見せる。

「うん。万理亜にしてはいいこと言うね。楽しまないと」

胡桃がいつもより元気よく声を出す。

ゼストは柚希と顔を見合わせ、「そうですね」と頷いた。

「楽しんでいないと、かえって気にする」

柚希の言葉に皆同意する。

「じゃあ、どこに行きます?」

万理亜が尋《たず》ねた。

「そういえば……考えてなかったなぁ」

口元に指を当てて、胡桃は首をひねる。

「私は初めてですので。皆さんが行く場所に」

「なら、お化け屋敷《やしき》」

柚希が放った言葉に、万理亜と胡桃が硬直《こうちょく》した。

二人は互《たが》いの様子に気づき、視線を交わし、そして、顔を背《そむ》ける。

「た、確かにお姉は昔からそういうの好きだよね。でも、あたしはもうそういうのは卒業かなーって……」

あさっての方向を見たままで胡桃が言った。

「おやー。どうしたんですか、胡桃さん？　もしかして、怖《こわ》いんですかー？」

せせら笑う万理亜だが、その膝《ひざ》がガクガクと震《ふる》えている。

「そんなわけないじゃない。万理亜こそ、顔色悪いんじゃない？」

「そうですか？　私はまったくもってそんなことないんですけど、胡桃さんがそう言うなら、驚いたりして身体《からだ》に負担がかかるお化け屋敷はやめておいたほうがいいかもしれませんね」

「そうだよね。やめておいたほうがいいよね。万理亜が怖いんだったら」

「怖くなんてないですよ！　エロいだけです！　でも、胡桃さんが許しを請《こ》うて、『お化け屋敷に行きたくないから、今度めちゃくちゃにしてください』って言うなら、やめるのもやぶさかじゃないですよ」

「ドサクサにまぎれて何言ってるんだよ！」

言い争う二人を、柚希は無言で眺《なが》めている。

「私は行ってみたいです」

そんな中、ゼストが言った。

万理亜と胡桃が愕然《がくぜん》とした顔でそちらを見る。

「人間界のお化けというものに興味がありますが……あまり乗り気ではないですか？　それなら……」

「いえいえ。乗り気じゃないのは、胡桃さんだけです」「万理亜だけだよ。嫌《いや》がってるのは」

万理亜と胡桃の声が重なる。

二人は再び睨《にら》み合う。

「私は行きますよ」「あたしは行くから」

またも声が揃《そろ》った。

「そもそも、お化け屋敷如《ごと》き。刃更さんがいなくても、私たちは四人もいるんだから、余《よ》裕《ゆう》ですよ」

万理亜は強気の表情を浮《う》かべるが、顔は青く、膝はまだ震えている。

「ルールを聞いてきた」

そこにいつの間にか離《はな》れていた柚希が戻《もど》ってきた。

「ルールですか？」

「いわゆるウォークスルー《歩いて通り抜ける》のお化け屋敷。だから、二人ずつ入る」

万理亜が押し黙《だま》り、胡桃が表情を引きつらせる。

「二人でも余裕ですけどね！　その顔はなんですか、胡桃さんー！」「余裕の表情に決まってるだろ！　万理亜ー！」

「じゃあ、行く。私はゼストと」

「柚希さんーっ！」「お姉ーっ⁉」

悲痛な声が上がったが、柚希は首を傾げただけだった。

4

お化け屋敷の名は『メゾン・ド・インフェルノ』。

「万理亜。知ってる？　このマンション。昔、この土地で不幸なことがあったから、色々な部屋に出るようになったマンションなんだってさ」

「そうですか！　それはよかったですね！　何も聞いてないのに、設定を喋《しゃべ》ってくれるなんて丁寧《ていねい》ですね！　そんなことより、エッチな話をしましょう」

「しないよ！」

胡桃と万理亜の二人組はマンション風の暗い廊下《ろうか》を歩いていく。かすかな照明が瞬《また》くたび、どこからか猫《ねこ》の鳴き声のような音が聞こえるたび、二人はビクリと身を震わせる。

明らかに怯《おび》えた顔を互いに見せないようにと、顔を背けながらも、二人の距離《きょり》は近い。

「ど、どうしたんですか、胡桃さん。暑いんでくっつくのとかやめてほしいんですけど」

「あ、あたしはただ今日ぐらいはちょっとだけサービスしてあげようかなーとか、思ってるだけよ。そもそも、くっついてきてるのはそっちじゃない」

怯えた顔のままながら、胡桃は必死にハハーンと笑ってみせる。

「やっぱり怖いんでしょ？　魔族でサキュバスなのに」

万理亜の眉がピクリと動く。彼女もまた怯えた顔のままで、引きつった唇《くちびる》の端《はし》を懸命《けんめい》に上げて、薄《うす》い胸を反らしてみせる。

「怖いなんてあるわけないじゃないですかー！　淫魔《いんま》といえば夜の悪魔ですよ。つまりは今、夜の団地妻的な感じですよ。マンションだけに」

「ちょっと違《ちが》うんじゃない？」

「そんなことはどうでもいいんですよ！　とにかく、本当は怖いと思ってるのは胡桃さんのほうですよね！　だから攻撃的《こうげき》なんですよ。誤魔化すために」

「な……!?　言いがかりだ」

「勇者なのに、怖いんですかー？　あはは。はしたない勇者もいたもので……」

──ひたり。

背後から足音らしきものが聞こえた。

万理亜は言葉を止め、胡桃も彼女と共に足を止めてしまう。

──ひたり。と、再び音がする。

音はやまない。ひたりひたりと、ゆっくりと、しかし、着実に近づいて来る。

万理亜も胡桃も怯えきった顔をもう隠《かく》すことはできなかった。

いつの間にか抱《だ》き合っていた二人は薄闇《うすやみ》の中でガタガタと震えている。

「く、く、く、胡桃さんを護《まも》ってあげようという心の表れですよ。これは」

「そ、そ、それはこっちの台詞《せりふ》なんだけど」

いつの間にか渇《かわ》ききってしまっている喉《のど》で、ありもしない唾《つば》を飲み込む。

恐怖《きょうふ》に染まった目で意思疎通《そつう》を交わし、万理亜と胡桃は迫《せま》る何かを確かめようと、後ろを振《ふ》り向こうとした。

その瞬間《しゅんかん》、近づく足音が不意に速くなった。『ひたり』ではなく、『ひたひた』と来る。

「「きゃぁぁぁぁぁぁぁっ!!」」

絶叫《ぜっきょう》し、涙目《なみだめ》となった二人は走り出した。手と手を強く握《にぎ》り合ったまま、全速力で廊下を駆け抜《ぬ》ける。

万理亜と胡桃がいた場所の後方。少し離れた場所で、柚希とゼストは足を止めた。

二人は走り去っていった万理亜と胡桃の背中が遠ざかるのを呆然《ぼうぜん》と眺める。

せっかくの機会なので、精巧《せいこう》に作られたマンションの光景や、照明を用いた不気味な演出をゆっくりと堪能《たんのう》しながら歩いてきたところで、柚希たちは少し先を行く万理亜たちを見つけた。

だから、声をかけ、合流しようと考えたのだが――。

「仲良し」

「よいことですね」

密着し、手まで繋《つな》いでいた二人の姿を思い出し、柚希とゼストは目を細めた。

薄闇の中で荒《あら》い息が漏《も》れる。

走りに走った万理亜と胡桃はようやく立ち止まり、呼吸を整えようとしていた。もはや軽口を叩《たた》く余裕もない。

万理亜の表情が再び強張《こわば》った。少し遅《おく》れて同じ方向に目をやった胡桃の顔も青白い。

長い廊下を抜けた先、二人の目の前には和室があった。

畳敷《たたみじ》きの小さな部屋にはちゃぶ台や、テレビ、箪笥《たんす》と、どこか古めかしい家具がある。

薄暗い照明がより深い陰《かげ》を作り出していた。

万理亜と胡桃は互いに何も言わずとも確信してしまった。

この部屋には何かある。何か出てくる。

「……で、でも……。絶対何か来るってわかってたら拍子《ひょうし》抜けだよね」

「そうですよ。恐怖というのは、予期していないところに変なものが来るから感じるんであって、わかっていたら怖いものなんてありませんよ。ちょっと作りが稚拙《ちせつ》なんじゃないですか？」

部屋の中の無数の陰、足元に気をつけながら和室へと踏《ふ》み込む。

「さあ、どこからでも……」

ガタン！　と真上から音がした。

見上げればそこで大きく揺《ゆ》れる人影《ひとかげ》。

「「きゃぁぁぁぁぁぁぁっ!!」」

喉が張り裂《さ》けんばかりの絶叫が木霊《こだま》する。


少しあと、柚希とゼストはまだゆっくりと廊下を歩いていた。

二人の表情はいつもと変わりなく、やけに落ち着いている。

「万理亜さんたちは怖がっていますね」

「楽しそう」

二人の悲鳴は、彼女たちのもとにも届いていた。

「楽しい怖さならいい」

「なるほど。恐怖することを楽しむことができる施設《しせつ》。……素晴《すば》らしい発想です」

周囲を見回し、ゼストは頷《うなず》く。

そんなゼストの姿を見て、柚希は何か考える様子で口を開いた。

「ゼストはどういう時、怖い？」

「恐怖を感じる時……ですか」

ゼストは目を伏《ふ》せ、考える。

「勝てなければ何かを失う。その想《おも》いに至ってしまった時ですね」

「護ることができない時」

ゼストの答えに、柚希は唇を引き締《し》めた。

「わかる。強い敵と戦う時。恐怖よりも、負けることへの焦燥《しょうそう》が強い」

「ええ。ですから、私は――」

二人はいつの間にか先程《さきほど》万理亜たちが通過した和室に足を踏み入れていた。

ガタン！　と、音が鳴り、頭上で何かが揺れる。おそらくは首をつった死体を模した人形。

柚希とゼストは立ち止まり、特に感慨《かんがい》もなくそれを見上げる。

「これはつまり。入場前に聞かされた『メゾン・ド・インフェルノ』の設定から考えると、この人形が私たちを襲《おそ》う悪霊《あくりょう》だということになるのでしょうか」

「多分、そう」

他《ほか》にも何か出てこないかと、柚希とゼストは周囲を見回すものの、特に変化はない。

「これが落ちる前、音が聞こえた。普通《ふつう》の人には聞こえない程度のかすかな音」

「私もです。それが聞こえていなければ、突然《とつぜん》のできごとに私たちも驚《おどろ》くことができたのではないでしょうか？」

「別の音を流して、この音を誤魔化す手もあった」

「あとでご意見メールを送りましょうか」

「お互《たが》いのためになる」

思わず話し込む二人の上で、悪霊はスルスルと天井《てんじょう》裏へ戻っていった。


「早く出たいです。こんなところもうこりごりですよ！」

「とにかく、出口に……！　うぅ、お姉。刃更兄ちゃん……」

もはやお互い涙目であることを隠すこともできず、万理亜と胡桃はリビングらしい部屋に踏み込む。先程の和室とは違う、真新しい雰囲気《ふんいき》の、フローリングの部屋だ。ちゃぶ台よりもずっと大きなテーブルやソファが並ぶ。本来なら家族が団欒《だんらん》するような場所だろう。

「うぅ……。もう驚きませんよ。怖《こわ》いのはもう嫌《いや》なんです。胡桃さん、天井は？」

涙で滲《にじ》んだ目のまま、万理亜は必死に床《ゆか》やテーブル、家具の陰を調べていく。

「開くところはないよ。魔法で調べてやった！　これが勇者の力だ！」

やはり半泣きの胡桃の手には霊操術《れいそうじゅつ》の媒体《ばいたい》である籠手《こて》が煌《きらめ》く。空気の流れを調べるという形でだが、本気で魔法を行使していた。

「じゃあ、大丈夫《だいじょうぶ》ですね。ふふ……。ここはもう通過するだけですよ。子供だましですよ。そして、私はあの暖かな太陽の下に帰るんです」

「そうだよ。すぐに……出口はすぐ……」

バン!!　と、和室の時よりもずっと派手な音がした。何かが勢いよく叩きつけられた音だ。

万理亜と胡桃はその音のほうに目をやる。

床でも家具の下でも天井でもない、リビングの窓の外。

そこに黒い何かが張りついていた。

「「いやぁぁぁぁぁぁぁぁぁっ!!」」

「この国の文化なのでしょうか？」

和室をあとにして、しばらくして、ゼストが言った。

「このお化け屋敷《やしき》という施設から受けた印象ですが。人は誰《だれ》かに恨《うら》まれることによって恐怖を覚える。このマンションで惨劇《さんげき》が起きた。侵入《しんにゅう》した生者が死者に恨まれる。他人だとしても関係ない。それがこのお化け屋敷の設定です」

「確かに」

「私も多くの恨みを買っています」

ゼストは淡々《たんたん》と言う。

だが、変わらない表情のその奥底には深く暗い感情が横たわっていると、柚希は思った。

「その恨みが、私以外に降りかかれば……」

「怖がらなくていい」

柚希がきっぱり言うと、ゼストはかすかに表情を動かす。

「それが何であっても。私は……刃更も、みんなも、家族を護る」

「柚希さん……」

ゼストが微笑《ほほえ》む。

柚希は力強く、彼女に頷きを返した。

「――っ」

ゼストの顔から笑みが消え、柚希もまた構える。

二人はリビングらしい部屋に足を踏み入れていた。

激戦を潜《くぐ》り抜けたことで研《と》ぎ澄《す》まされた二人の感覚は、そこに漂《ただよ》うただならぬ気配に気づいている。

お化け屋敷の作り物では絶対に作り出せない存在。何かがいる。

ゼストの周囲に魔力《まりょく》のオーラが揺れ、柚希の手にはいつの間にか霊刀『咲耶《さくや》』があった。

一切《いっさい》の油断なく部屋をねめつける二人の双眸《そうぼう》。

それが捉《とら》えたものは、

「ううう。ゼストさんー」「お姉ー」

テーブルの下、涙目で震《ふる》え上がる万理亜と胡桃の姿だった。

バン！　と、窓のほうで音がしたが、柚希もゼストも見向きすらしない。

「護《まも》る」「そうですね」

柚希とゼストは顔を見合わせた。

5

その日の日差しは二月にしては暖かく、風もほとんどなかった。

刃更と澪はベンチに並んで腰《こし》かけている。

飲み干したホットアップルティーのペットボトルを手にした澪の横、刃更はホットコーヒーをすすっていた。

「ゴメンね……」

澪はうつむいて言った。

「せっかく刃更が約束を守って、こうして一緒《いっしょ》に出かけてくれたのに。下調べとかもしてくれてたの知ってるのに」

唇《くちびる》から深く溜息《ためいき》が漏れる。

「酔《よ》ったのはしかたない。予想外のことだろ？」

「それだけじゃないの」

澪は赤い髪《かみ》を揺らし、かぶりを振《ふ》る。

「刃更が楽しませようとしてくれてるのに。あたし……柚希に嫉妬《しっと》して。その上、自分で乗りたいって言ったのに、ジェットコースターで迷惑《めいわく》をかけて。刃更も遊びに行きたいはずなのに、こうして気を遣《つか》わせちゃって……あっ」

不意に熱っぽい声が交じる。

澪はマフラーと上着の隙間《すきま》から自分の首筋に触《ふ》れ、目を瞬《しばた》かせた。

白い首に痣《あざ》のように浮《う》かび上がるのは主従契約《けいやく》の呪《のろ》いの証《あかし》に間違《まち》いない。

刃更もまたそれに気づく。

「あたし、また……あんっ」

甘く切ない声が上がる。

「そうか。さっきので……。とにかく、それ以上考えるな。別に悪いことをしたわけじゃない」

「う、うん……」

しかし、発症《はっしょう》した呪いは治まらない。

「まずいな。楽にしてやろうにも……」

当然だが周囲には多くの客が行き交《か》っている。

いつもの如《ごと》く結界を構築するにも術式を使うことができる当の本人、澪が呪いに侵《おか》されてしまっている上、胡桃やゼストもいない。

どうすれば……と考える刃更の耳に、求めていた声が届いたのはその時だった。

「ほんと無様だったわよね。万理亜」

「それは胡桃さんのことですよね。勇者が聞いて呆《あき》れます」

フンと鼻を鳴らして、顔を背《そむ》け合う胡桃と万理亜。その目元はどういうわけか、泣きじゃくったかのように赤い。

続いて柚希とゼストが戻《もど》ってくる。

「助かった！　実は澪が」

刃更は思わず四人のもとへ駆《か》け寄る。

「呪い？」

ベンチでうなだれた澪の様子を見て、柚希たちはすぐに状況《じょうきょう》を察した。

「ゴメン……。あたし、こんな……」

頬《ほお》を紅潮させ、瞳《ひとみ》を熱く潤《うる》ませた彼女は言葉を続けることができない。

「どうしよう……。結界を張ることはできるけど」

「そこで私にいい考えがあるんですよ」

突如《とつじょ》、前に出て薄《うす》い胸を叩《たた》いたのは万理亜だった。

さっきまで泣いていたかのような目をしつつも、必要以上の自信にあふれている。

「いい考え？」

その姿に胡桃が本当に嫌そうな顔をした。

「そうです。ここはお化け屋敷なんて余裕《よゆう》だった、このロリエロサキュバス、成瀬《なるせ》万理亜にお任せです！」

胡桃はジト目で眺《なが》める。ゼストと柚希は何も言わない。

刃更はそんな万理亜の姿を見て、「そういえば、怖いのダメだったな……」と思ったが口には出さなかった。

「ちょっと!?　その哀《あわ》れみの視線はやめてくださいよ！　私は本当にできるサキュバスなんですよ！　本当なんです！」

「澪が限界だから、早急《さっきゅう》にいい考えとやらを見せてくれ」

刃更は真顔で言わざるをえない。

6

はるか眼下に都内の街並みや遊園地の最寄《もよ》り駅が見える。

刃更と澪はそれらを見下ろすことができる場所にいた。

二人が乗っているのは駅から降りて最初に見えたあの観覧車だ。

座席に身を沈《しず》めた澪の身体《からだ》はぐったりと脱力《だつりょく》している。

上着を脱《ぬ》ぎ、マフラーを外し、服を緩《ゆる》めているが、それでもなお、苦しげな息がこぼれ、紅潮した頰を汗《あせ》が伝う。

そんな澪を前に、刃更は周囲の様子を確かめる。

観覧車の隣《となり》のゴンドラには他《ほか》の客が乗っている。

今回、万理亜の指示のもと、胡桃が準備した結界は、周囲の空間を切り取る類《たぐい》のものではなかった。

別空間を作るのではなく、一定の空間を認識《にんしき》できなくする類のものだ。

刃更は前を行くゴンドラのカップルに手を振ってみる。だが、刃更に気づく様子はなく、反応はない。

つまり、この術式のもとでは、刃更たちがいるゴンドラは外からは存在しないものとして認識される。

他からは見えず、仮にゴンドラが下にたどりついても誰も乗ってこない。それを不自然に感じることもない。「つまりは公衆の面前で何をしても大丈夫なんですよ！」とは、万理亜の言葉だ。

刃更は術式が成立していることに確証を持ち、今やるべきことに意識を戻した。澪を楽にすることが先決だ。時間が経《た》てば、皆《みな》に迷惑をかけているという罪悪感から、思考が堂々巡《どうどうめぐ》りして、さらなる呪いの悪化もありえる。

「今なんとかするからな」

言いつつ、呪いのせいで朦朧《もうろう》としている澪の服に手をかけた。既《すで》に緩めている彼女の服のボタンを外していく。

「あっ、あんっ。んぁっ」

布地が擦《こす》れるだけで、身体が敏感《びんかん》になった澪は声を上げてしまう。

そのまま服をはだけさせ、ブラジャーに包まれた胸を露出《ろしゅつ》させた。まろび出た胸は、下着に包まれていながらも今にも飛び出そうとするほどに弾《はず》む。

ゴンドラの狭《せま》い空間に広がったのは、かすかな汗の香《かお》りが混じる、澪の甘い匂《にお》いだった。

彼女の唇に、刃更は自分の唇を重ねた。

澪は刃更の背中に腕《うで》を回し、すがりつく。

澪の舌が刃更の唇を舐《な》める。それでは我慢《がまん》できないというように、歯茎《はぐき》にも触れる。

蠢《うごめ》く赤い舌はさらに奥へ向かい、刃更の舌に絡《から》みつき、唾液《だえき》と唾液を混じり合わせて淫《いん》靡《び》な水音を立てた。

「んっ、んっ、んんっ♥」

唇を貪《むさぼ》り、刃更の背に服の上から爪《つめ》を立てながら、澪は切なげに目を細める。目尻《めじり》から涙《なみだ》がこぼれ落ちた。

長い長いキスのあと、呼吸を求めて澪が口を離《はな》せば、唇と舌の間に唾液の糸が伸《の》びる。

「お兄ちゃん……」

澪の腕から少し力が抜《ぬ》ける。

「ああ」

頷《うなず》くと、刃更はしがみついていた彼女の身を離し、立ち上がらせる。

そして、その身体をこれまで座っていたソファの側に向けた。つまりは、背中側にあったゴンドラの窓のほうに澪の身体が向くことになる。

自然、澪はゴンドラの窓にその身体を押しつけられる形になった。

辛《かろ》うじてブラジャーに包まれた豊満な胸が、ガラスに押しつけられてふんわりと形を変える。

「あぁぁあ、あぁっ♥」

ガラスの冷たさから来る刺激《しげき》に澪が悶《もだ》えれば、熱を帯びた吐息《といき》はゴンドラのガラスを白く曇《くも》らせた。

刃更の手がガラスに密着した胸に伸びる。そのまま、彼女のブラジャーを押し下げた。

「ふあんっ♥」

もはや守るものを失《な》くした大きな胸が露出し、ガラスに密着する。

「澪。あれを見ろ」

刃更はガラスの向こうを指差す。

澪は快楽に濁《にご》った目で指先を追った。

一瞬《いっしゅん》、彼女の目が正気を取り戻し、見開かれる。

「え……。人が。待って、刃更。人が見てる。結界は……」

「ああ。見ているな」

澪は呪いの影響《えいきよう》で、このゴンドラに乗るまでずっと朦朧としていた。だから、仕掛《しか》けられた認識の結界に気づいていない。

彼女は他の客がいる中で、刃更が事に及《およ》んでいると思っている。

「い、いや……！　こんなの、見えちゃう。あたしの……」

ガラスに押しつけられた胸は、前のゴンドラの女性客にはっきりと見えているはずだった。

「見てもらえ」

ゴンドラのカップルは笑っていた。後ろのゴンドラを指差して、楽しそうにしている。

刃更たちのゴンドラが意識の外にある以上、カップルが指差しているのは外の光景なの
だが、今の澪にはそれが自分が指差されているようにしか見えない。

彼女をいち早く契約の呪縛《じゅばく》から解き放つため、刃更はそれすら利用する。

「やぁ……。お兄ちゃん」

止めようとするが、澪の身体には力が入らない。

そんな彼女の乳房《ちぶさ》の片方を揉《も》みしだき、逆の側はガラスへ押しつける。前のカップルへ
あえて見せつけるような動きだ。

「や、あぁっ、あぁぁぁ」

指先で乳首を優《やさ》しくつまめば、拒絶《きょぜつ》の言葉とは裏腹に、その身は快楽に打ち震《ふる》える。

「感じるんだろ？　見られているほうが」

「そんな、あっ♥　そんな、はず、んん、あぁぁ、あぁぁ」

澪に覆《おお》いかぶさる形で、刃更は身を寄せた。

そのまま、ガラスの向こうに見えるように唇《くちびる》を重ねる。助けを求めるように澪が舌を
絡めてくれれば、刃更はあえて唇を離す。

「や……。待って」

求め突《つ》き出した澪の舌と、刃更の舌は外で求め合い、煌《きらめ》きが糸を引き流れる。

「あー、あっ、お兄ちゃん。ふあぁぁ♥」

澪の目はガラスの向こうも見ている。そのはずがもう拒絶の言葉は出なかった。

見られながら、刃更を求めることしかできない。

胸を揉み、口づけを交《か》わしたままで、刃更は手を下ろしていく。

スカートの中へ入り込んだ刃更の手はそのまま彼女の大切な場所に触《ふ》れた。

「ふぁっ、あっ」

澪がさらに激しく身悶える。

彼女の奥はどうしようもなく熱く濡《ぬ》れそぼっていた。

下着の内に入り込んだ指がピチャピチャと音を鳴らすたびに、澪は激しく喘《あえ》ぐ。

そして、刃更は乳首をより強くつまみ、同時に彼女の奥へ差し入れた指で最も敏感な箇《か》所《しょ》を刺激する。

「あぁん、ああっ！　んあっ！　ダメ！　あぁぁ、こんなところで、ふぁぁぁんっ♥」

一際《ひときわ》甘い叫《さけ》びを上げて、澪は身体を硬直《こうちょく》させた。

むっと立ち込めてくる甘過ぎる香り。

彼女のスカートの下、万理亜があらかじめ準備していたタオルの上に、あふれた液体が染《し》み込んでいく。

しばらくして、澪の身体から全《すべ》ての力が抜けた。

シートに座り、身を支える刃更に澪が身を預けてくる。

汗でぐっしょりと湿《しめ》ってしまった髪《かみ》を、刃更は優しく撫《な》でた。

「……ゴメン、ね。刃更」

力の抜けた声で、澪は言った。

刃更はもう一度、彼女の頭を優しく撫でる。

その顔に浮《う》かぶのは家族を想《おも》う兄の笑《え》みだった。

「俺は楽しんでるよ」

ゴンドラのドアが開く。降車エリアの階段下に、二人の帰りを待つ柚希たちの姿がある。

「落ち着いたら、別の場所も回ろうな」

「うん。お兄ちゃん」

刃更に抱《だ》かれたまま、澪は涙をこぼす。それはもう悲しみや罪悪感から生まれた雫《しずく》ではなかった。

7

窓の外、透《す》き通った冬の空に赤い夕日の色が映《は》える。

刃更はうたた寝《ね》していたことに気づいた。

ガタガタと聞こえる音と、感じる振動《しんどう》は電車のものだ。

刃更たちは帰路についていた。

澪が落ち着き、万理亜が準備していた下着を使い物にならなくなってしまった下着と交《こう》換《かん》したあと、刃更たちは多くのアトラクションを巡った。恒例《こうれい》のヒーローショーは刃更たちの鑑賞《かんしょう》に堪《た》えうるドラマティックな展開で思わず唸《うな》ってしまった。昼食もゼストが認めるほどおいしいものばかり。

澪も柚希も、万理亜と胡桃、ゼストも、みんな楽しそうだった。

彼女たちは今、刃更と同じシートに並んで眠《ねむ》っている。

胡桃と万理亜は互《たが》いにもたれかかり、柚希とゼストはやけに行儀《ぎょうぎ》よく目を閉じている。

刃更の隣には澪がいた。無防備に身を預ける彼女のぬくもりを感じる。

あの惨劇《さんげき》が起きるなどと考えもしなかった子供の頃《ころ》。

刃更は柚希や胡桃、高志と共に心の底から楽しい一日を過ごした。

今、多くの悲劇と死闘《しとう》を越《こ》えて、刃更はまた柚希や胡桃、それに加えて澪や万理亜、ゼストと共に――家族と共に新たな想い出を胸に刻むことができた。

刃更は幸せを噛《か》み締《し》め、もう一度目を閉じた。

第七章 オーガスレイヤー・スレイヤー

1

東城《とうじょう》家のリビングに掃除機《そうじき》の音が響《ひび》く。それに交じり聞こえるのは、上機嫌《じょうきげん》な鼻歌だった。

その日、掃除しているのはいつものゼストや万理亜《まりあ》ではなく胡桃《くるみ》だった。

「たまには手伝わないとね」

少したどたどしくも、リビングの端《はし》から端まで軽快に掃除機をかけていく。

万理亜とゼストは二人揃《そろ》って食材の買い出しに出かけている。

その間に……ということで、日課の修練、学習を終えた胡桃はこうして部屋の掃除をしていた。

コツッという異音がした。

すぐさま掃除機を止めると、屈《かが》みこむ。

「何か変なもの吸い込んだかな？」

リビングのソファの下を覗《のぞ》き込むと豆がいくつか落ちていた。ソラマメや枝豆の類《たぐい》ではなく、硬《かた》い炒《い》り豆《まめ》だ。

「あ……。あー」

そこに炒り豆が落ちている理由を察し、それから少しばかり苦い顔をする。

「まだ残ってたんだ」

呟《つぶや》いた胡桃の脳裏《のうり》をよぎるのは、鬼《おに》が人を駆逐《くちく》した屈辱《くつじょく》の日の記憶《きおく》。

2

「節分という行事は行わないのですか？」

ゼストが尋《たず》ねた。

二月三日——節分当日の朝、朝食を食べている時のことだった。

テレビでは節分の特集が流れている。お寺での豆まきの光景、豪華絢爛《ごうかけんらん》なデパ地下の恵《え》方《ほう》巻き特集、節分の由来など、ニュース以外はおおむね節分の話ばかりだ。

「災《わざわ》いを祓《はら》い、幸福を呼ぶ行事。なら、行ってみたいと思うのですが……」

「節分か」

刃更《バサラ》は過去の自分に想いを馳《は》せる。

「あたしはやったことないわね。そういえば」

澪《みお》は今気づいたという面持《おもも》ちで言った。

「多分……お父さんもお母さんも魔界《まかい》の出身だから、そういう感覚がなかったのね。今から思うと、人間界の行事には気を配って、色々してくれていたんだけど」

「確かに、子供が……いや、女の子が大喜びする類の行事じゃないしな。クリスマスとかならともかく」

「刃更は？」

尋ねられ、刃更は柚希《ゆき》や胡桃と顔を見合わせる。

「やってないな」

「うん。正確には、一般《いっぱん》的に『節分』と言われてる形ではやってないよね」

「どういうこと？」

胡桃の言葉に澪は首を傾《かし》げる。

「節分のもとになったのは、平安時代頃から行われてきた鬼祓いの儀式――追儺《ついな》の儀式なんだ。鬼の姿をした者を追い払《はら》うような儀式で」

「確かに……節分のもとっぽいわね」

「うん。でも、勇者の《里》にはそういう儀礼的なもののもとになる、ちゃんとした魔除《まよ》けの儀式っていうのが残ってて」

「《里》で行っていたのはそっち」

「節分は《里》からすると、民間行事って印象だったからな。テレビなんかで見てはいたけど」

勇者の《里》出身の三人は言う。

「じゃあ、節分ってご利益《りやく》なさそうね」

「ううん。ちゃんとした儀式がもとになっているから、まったく効果がないとは言い切れないかな。もちろん、《里》の本格的なものと比べるまでもないけど」

「そうですか……」と口にしたゼストの目はまだテレビの節分特集を見ていた。

刃更はその様子を見て、少し考える。

「少しでも効果があるなら。せっかくだし、やってみようか」

「刃更様。ありがとうございます」

ゼストが顔を輝《かがや》かせる。

3

「ということで、準備完了《かんりょう》」

柚希が言った。

その日の夕刻の東城家。キッチンには柚希たちが腕《うで》を振《ふ》るった節分の準備が整っている。

「本格的だな……」

想像していた以上の光景に、刃更は息を呑《の》んだ。

胡桃の手に柊《ひいらぎ》の枝がある。そこには鰯《いわし》の頭が飾《かざ》られていた。

節分の日、玄関《げんかん》に飾る魔除けの類だ。

「もちろん、あたしの術式で強化しておいたから、効果もあるよ」

よくよく見れば、柊鰯には魔法陣《まほうじん》が描《えが》かれた符が何枚も貼《は》られている。

「万理亜やゼストはともかく、低位の魔族の侵入《しんにゅう》を拒《こば》むことができる程度」

「本当に本格的だな！」

「魔除けというか、なんか生臭《なまぐさ》いんですよね」

万理亜は鼻をつまんでいる。

「生ものだからしかたないでしょ。とにかく玄関に飾ってくるね」

胡桃を見送り、刃更はテーブルの上に目をやる。

テーブルの大皿には切り分けていない巻き寿司《ずし》——恵方巻きが並んでいた。

海苔《のり》は先程《さきほど》巻いたばかりだからか、まだ湿気《しけ》っておらず、ツヤツヤとして美しい。サーモンやエビを具材とした海鮮《かいせん》巻き、レタスやツナが中心のサラダ巻きに、玉子焼きや干瓢《かんぴょう》を巻き込んだ古式ゆかしい太巻き、様々な種類の恵方巻きが用意されている。

具は大ぶりなものをふんだんに活用しており、鮮《あざ》やかなピンク色をしたサーモンや、太い玉子焼きがはみ出していた。

さらには頭を取った鰯を焼いた香《こう》ばしい匂《にお》いが漂《ただよ》っている。

刃更の腹が自然と鳴った。

「……まあ、腹は減ってるしな」

苦笑いする刃更を見て、澪たちもお腹《なか》を押さえる。

「お腹すいたし、食べちゃおうよ」

戻《もど》ってきた胡桃の言葉に、刃更たちは食卓《しょくたく》についた。

「そもそも、恵方巻きの風習自体は大阪発祥《はっしょう》らしいけど」

胡桃はダイニングの一角を指差す。

「その年に歳徳神《としとくじん》がいるとされる方向――恵方、つまりは縁起《えんぎ》のいい方向だね。そっちを向いて、願い事をしながら恵方巻きを丸齧《まるかじ》りするって形」

「今年は南南東。そして、食べ終わるまでは喋《しゃべ》らない」

説明を聞くゼストはやけに真剣《しんけん》な面持ちだった。

「いただきます」と手を合わせ、それぞれ好みの恵方巻きを手にし、口に運んだ。

いつもは賑《にぎ》やかな東城家の食事の時間に、誰《だれ》も何も話さないのはなかなか新鮮だと刃更は思う。

恵方巻きがおいしいこともあり、胡桃や万理亜は一心不乱にほおばっている。

澪や柚希が考え込んでいるのは願い事の内容を真剣に選んでいるのだろう。

ゼストは全《すべ》てが物珍《ものめずら》しいのか、興味深げにきょろきょろとしている。

何も言わなくてもわかるものだと、刃更は嬉《うれ》しく思った。

それに、こうして同じ方向を向いて、同じように無言でいるのは妙《みょう》な連帯感のようなものもある。

そこまで考えて、刃更は自分がまだ願い事をしていないことに気づいた。既《すで》に恵方巻きは半分以上平らげてしまっている。

何を願おう……と、望みを自らに問う。

刃更や澪にはまだ多くの困難がつきまとうはずだ。だが、それらは自らの手で切り開いていくしかない。曖昧《あいまい》な願いに頼《たよ》るのは最後の最後。できる限り全ての手を、万事《ばんじ》を尽《つ》くし、それでもなおどうしようもない時でいい。

ならば、自分の手ではどうしようもないことを願おうと刃更は考えた。

敵との戦いに勝つことでも、家族の幸せでもない。訪《おとず》れる不慮《ふりょ》の事故や、病。絶対にないとは言い切れないが、どうしようもない不幸。それを防ぐことができればいい。

みんなが……家族が。それに長谷川《はせがわ》が健康であるように。滝川《たきがわ》や梶浦先輩《かじうらせんぱい》、七緒《なお》、魔界の人々にも不幸が訪れないことを刃更は願った。

魔界や十神がかかわっているはずなのに、あまりにも普通《ふつう》過ぎる願い事だと、ふと我《われ》に返り、そのことに思わず目を細めてしまう。

澪と目が合った。まだ恵方巻きを半分も食べ終えていない澪だが、楽しげに微笑《ほほえ》んだ。

もしかすると、同じようなことを願ったのかもしれないと思った。

「食べ終わりましたよー！」

声を上げたのは、万理亜だった。

言葉どおり既に恵方巻きは完食しており、さらには鰯も綺麗《きれい》に食べ終えている。

万理亜以外では一番早い刃更でも三分の二を食べ終えたあたりなので、あまりにも早い。

普段の食事のスピードから考えても、明らかに急いで食べている。

お茶をすすりながら、万理亜は不敵な表情を見せた。その手には愛用のビデオカメラが準備されている。

万理亜はまだ恵方巻きを食べている澪たちを撮影《さつえい》し始めた。口の周りを中心に、胸元《むなもと》までをねっとりとした流れで映していく。

万理亜の顔に滲《にじ》むのはいかにも淫魔《いんま》的な淫蕩極《いんとうきわ》まりない表情だ。

「ふふ、ふふふ。そうですよ。これですよ。まったくいやらしいですね」

刃更はつっこみたかったが、まだ食べ終えていないので黙《だま》るしかない。

「どこがいやらしいんだ」と、心の中ではつっこんだ。

「そうですよ！　いやらしいんですよ！　恵方巻きを食べる女の子というのは！」

以心伝心はこの方向では望んでいなかったと、刃更は本気で思った。

「さあ、ゆっくり食べてください。愛《いと》しそうに、舐《な》めるように、貪《むさぼ》るように！　さあ！　さあっ！」

刃更は万理亜が願ったことが何かということだけは確信できた。

こいつ、エロいことしか考えてない。

4

食事の片付けがある程度終わったあと、東城家の節分はついにメインイベントを迎《むか》えようとしていた。

つまりは豆まきだ。

「――まあ、こうなるよな」

諦《あきら》めきった顔で刃更は鬼《おに》の面をかぶった。豆のオマケについてきた厚紙製のものだが、いかめしい顔立ちはなかなか堂に入ったものがある。

「鬼役。私が交代しましょうか？」

ゼストが言った。

「角もありますし、魔族ですので、人間からすると鬼のような存在です」

「いや、ゼストは豆まきを楽しむ側に回ってくれ。俺も魔族の血は引いてるし」

言いつつ、お面のせいで狭《せま》くなった視界に目を凝《こ》らす。やはり豆付属の枡《ます》や、家で用意した器《うつわ》に豆を盛った澪たちも準備はできていた。

「じゃあ、二階から行こうか」

刃更たちは家の二階に上がり、端《はし》の部屋に入る。

「鬼はー外ー」

合図と共に、鬼に扮《ふん》した刃更へと豆が撒《ま》かれた。

スパァァアンッ！　とやけにいい音がする。

「痛っ⁉　万理亜、お前、今思いっきりやったな⁉」

「えへへ。すみません。福はー内ー」

誤魔化す万理亜に続き、今度は部屋の床《ゆか》に軽く豆を撒く。

「鬼はー外ー」

窓から庭に向かって豆を撒くのも忘れない。

そのまま刃更たちは二階の部屋を端から端へ、次に階段、一階の部屋へと豆まきを続けていく。

最後になったのはリビングだった。

「どうだ？　ゼスト」

「楽しいです」

刃更に向けて遠慮《えんりょ》がちに豆を投げつつも、ゼストははにかむ。

「皆様《みなさま》と一緒《いっしょ》に、こういうことをするのは……とても」

「そうか。そうだな。……だから痛いだろ⁉　万理亜！」

時々全力投球を織り交ぜる万理亜は別の意味で楽しそうだった。

ともかく、刃更たちは最後の仕上げとしてリビングの窓を開け放つ。

そこから外に向かって豆を放《ほう》る。

「鬼はー外ー。福はー内ー」

豆がリビングに、庭に転がる。

これで豆まきは終わり。東城家の誰もがそう思い、刃更が鬼のお面を上げようとした。

その瞬間《しゅんかん》だった。異変が生じたのは。

リビングを中心としてまばゆい緑の煌《きらめ》きが何十も地を這《は》い、家の各所を目指して走る。

同時に刃更は感じた。それは清涼《せいりょう》な風の如《ごと》き、爽《さわ》やかな霊力《れいりょく》の流れだ。

そして、バチンッ！　と、派手な音を立て、ゼストと万理亜、澪が吹《ふ》っ飛んだ。

「――っ！」「えええっ⁉」「きゃあっ！」

辛《かろ》うじて受身を取りつつも、三人は庭に着地する。

「な、なに……」

驚《おどろ》く澪を尻目《しりめ》に、ゼストは先程までの笑顔《えがお》を消し、冷静な眼差《まなざ》しでリビングのほうを見つめる。

明らかな異変が起きていた。

先程走った無数の緑の光の軌跡《きせき》が繋《つな》がり合い、東城家全体を網《あみ》のように覆《おお》っていた。

ゼストがそっと手を伸《の》ばし、光に触《ふ》れれば再びバチッ！と火花が散り、手が弾《はじ》かれた。

傷を負うほどではなかったが、指先からかすかに煙《けむり》が立ち昇《のぼ》っていた。

「霊的な障壁《しょうへき》ですね」

網状の緑光の壁《かべ》を前に、ゼストは告げた。

「こんなものがどうして？それに、どうして俺たちは大丈夫《だいじょうぶ》なんだ？」

リビングのほうで、刃更は訝《いぶか》しげな表情を浮《う》かべる。

「あ……」と、胡桃が言った。

隣《となり》では柚希が同じことに思い至ったらしく頷《うなず》いていた。

「本格的にやり過ぎちゃった……」

「どういうことだ？　まさか……。玄関《げんかん》に出した柊鰯《ひいらぎいわし》か？　……って、驚くほど神聖な光に包まれてるな。鰯の頭」

玄関先で一際輝《ひときわかがや》く生臭《なまぐさ》い柊鰯。

「ほんとだ……。でも、それだけじゃないよ。魔除《まよ》けの鰯に加えて、家全体を回っての魔除けの儀式《ぎしき》をしたのがまずかったみたい。本当に鬼祓《おにはら》い……じゃなくて、対魔族の障壁を作っちゃった。ほら、あれ見て」

刃更は目を見張りつつも、なんとも言えない表情になる。

壁を形成している光は家中に撒いた豆を伝うようにして走っていた。

「豆が術式の媒体《ばいたい》になっているのか……。すごいな。炒《い》り豆《まめ》」

「豆まきの福豆のことを魔滅《まめ》って書くこともあるみたいだしね」

「だけど、俺たちはどうして大丈夫なんだ？　対魔族の障壁だからか」

「うん。それに刃更は純粋《じゅんすい》な魔族じゃない。術式の対象から外れている」

柚希の説明に、刃更は額を押さえる。

「この程度の障壁ならば、破ることは容易《たやす》いですが……」

ゼストは言い淀《よど》む。

「ああ。だけど、あまりいい方法じゃないよな」

刃更は彼女が言わんとしていることを理解する。

偶然《ぐうぜん》とはいえ、《里》の術式に近いものだということは、この障壁は土地の霊気を用いて作り出されたものだ。作ったものが自ら正式な手順での解除を行わず、無理矢理《むりやり》、障壁を破壊《はかい》したりすれば、土地自体に穢《けが》れを生みかねない。そうなれば、土地の霊力を借りて戦う勇者の力に支障が出る。

「解除にはどのぐらいかかる？」

「豆を除くだけじゃもう無理。偶発的なものだから、まずは術式の解読が必要になるよね。難しくはないけど、一時間ぐらいはかかるかな」

刃更は庭を見る。季節は二月上旬《じょうじゅん》。かなり冷え込む時季で、開け放った窓からは容赦《ようしゃ》のない寒気が入り込んでくる。家着のまま放り出された澪たちは当然、寒そうに身を抱《だ》いていた。上着を渡《わた》すことはできるが、それでも長時間外にいることは避《さ》けたい。

「一応聞くが、この光、魔剣《まけん》や霊刀の類《たぐい》と同じで、一般《いっぱん》の人には見えないんだよな」

「不幸中の幸いだよね。でも、そういうのわかる人にはすごく見えるよ」

「……一時間このままは困るな。ムダに目立つ」

一同もまた様々な意味で頷く。

「術式を解読しなくても、この儀式が無力化するようなことをできればいいんだけど……」

胡桃は言葉を止めた。

彼女は刃更のことをじっと見ている。

同じく柚希の視線も刃更に向けられていた。

正確には刃更がかぶった鬼の面を見つめている。

「解除できるよ！」

胡桃は確信を持って言った。

「儀式の逆転ができる。鬼を追うという行為《こうい》を人為的に作り出して完成した鬼祓いの障壁だから、術者がそれをやめるような行為を模せば、術式自体を解除できるはず」

「つまり、俺はどうすればいいんだ？」

問うと、胡桃は柚希のほうを見る。なんとなく気まずそうな顔をしていた。

「屈服《くつぷく》ですよ」

声は庭のほうからした。

万理亜が先程《さきほど》恵方《えほう》巻きを食べていた時と同じ、あるいはそれ以上にいやらしい笑みを浮かべて、リビングのほうを見ていた。

「鬼の刃更さんが、鬼祓いの術者……勇者のお二人を屈服させればいいんですよ！」

「また適当なことを――」

言い切ることができず、刃更は押し黙る。

胡桃が思いきり目を逸《そ》らしていた。

「しかたない」と、柚希はほんのりと頬《ほお》を赤くしていた。

「これ、万理亜の入れ知恵《ぢえ》じゃないよな⁉　本当にそれでいいのか⁉」

「偶然ですが、正直、天才的偶然だと思いましたよ！」

「くそっ！　ロリエロサキュバスの思うままか。よりにもよって」

吐息《といき》しつつも、刃更は勇者の姉妹《しまい》に目をやる。

「……いいのか？」

「前みたいに、万理亜に風邪《かぜ》ひかれるわけにもいかないし。あれは自業自得《じごうじとく》だったけど」

「術式の意味合いでは、刃更が適任」

「……確かに、魔族が鬼とすれば、そういう要素もある、か」

額を押さえ、目を閉じ、眉間《みけん》に皺《しわ》を寄せて少し考え込む。

それからしばらくして、刃更は目を開けた。その瞳《ひとみ》には確かな決意が宿る。

「——うまくできるかわからない。だけど、やってみる」

そう言うと、刃更は柚希と胡桃へ歩み寄る。

すっと息を吸い、口を開いた。

「お前たちは敗《ま》けたのだ！」

やけに野太くした声で言う。

「この鬼の頭目……バサラ様になぁっ！　さあ、跪《ひざまず》け!!」

「思った以上にノリノリだ！」

思わずつっこむ胡桃の横で、柚希が四《よ》つん這《ば》いになった。「くっ……。殺せ」と、悔《くや》しげに顔まで歪《ゆが》める。

「お姉もノリノリだし！」

「貴様ぁ……！」

刃更の手が胡桃のポニーテールをつかんだ。

乱暴な仕草に、胡桃は思わず振《ふ》り向く。

「まだ自分の置かれている状況《じょうきょう》がわかってないようだなぁ！　貴様らは敗けたのだ！　この鬼の頭目！　バサラ様になぁ！」

二度言った！　と、思ったが、胡桃はつっこむのを堪《こら》えた。髪《かみ》をつかまれているが、痛くないようにと加減されているのもわかってしまった。よくよく見れば、刃更は刃更でこれまでになく恥《は》ずかしそうな顔をしている。

術式を逆転させるために必死なのだ。

つっこんでる場合じゃなくて手伝わないと……と、胡桃はしみじみ思ってしまう。だから、胡桃は「そんな……。あたしたちが敗けるなんて」と、膝《ひざ》をついた。そのまま姉と並んで、床の上に這いつくばる。

「くっくっく。無様な姿だなぁ。せいぜい、惨《みじ》めさを噛《か》み締《し》めるがいい」

そんな姉妹を冷たく見下ろし、刃更は言った。懸命《けんめい》に照れを抑《おさ》えているのは、誰《だれ》もが見て見ぬふりをする。

「……心までは屈しない」

柚希が唇《くちびる》を噛み、憎《にく》しみすら感じさせる目で刃更を睨《にら》む。

隣の胡桃はその迫真《はくしん》の演技に驚きつつも、同じく悔しげな表情で続いた。

「さあ、楽しませてもらおうか」

言い放ち、刃更は二人の背後に回り込む。

「……ん」

柚希が声を漏《も》らした。

四つん這いの姿勢で、自然と突《つ》き出した形になる彼女のお尻。スカートの内に、刃更は手を入れていた。

布地の下に隠《かく》れた刃更の手が蠢《うごめ》く。

「んんっ」

刃更の手が尻をまさぐるたび、堪えようとする柚希の喉《のど》から切なげな吐息があふれた。

「どうした？　抵抗《ていこう》してみろ。できないのか？」

「くっ。妹が人質《ひとじち》にとられていなければ」

「あたし⁉　人質設定なの？」

「もう一人妹がいる」「そうだ。お前たちの末妹だ。くっくっく」

柚希と刃更がかぶせてきた。

「三人姉妹？　そ、そういう設定なんだ。くそっ！　卑怯《ひきょう》だぞ、鬼め！」

「卑怯？　褒《ほ》め言葉だなぁ」

刃更は覆《おお》いかぶさるようにして、背後から柚希の胸を揉《も》む。尻《しり》を触《さわ》るのもやめない。

「う、んぁっ」

身じろぎする柚希の声は甘い。

「くくく。悔しいのだろ？」

「卑怯者……」

「悔しいはずだが……これはどういうことだ？」

刃更が柚希のスカートから手を抜《ぬ》き出した。

その指先が濡《ぬ》れていた。ふわりと香《かお》るのは女の匂《にお》い。

眼前に突きつけられたそれから、柚希は目を逸らそうとする。

だが、刃更は彼女の頭をつかみ、濡れた指を見せつける。

「これはどういうことだ？　悔しいというわりには、お前のあそこは熱かったぞ」

「……そんなん。そんなん言われても、ウチ」

柚希の目尻に涙《なみだ》が浮かぶ。

ニタリと唇を上げて、刃更は見せつけていた手を下げる。

そして、パンッ！　と、柚希の尻を打った。

「んあっ♥」

身を跳《は》ねさせて声を上げる。

スカートをまくり上げ、さらに打つ。

「あっ、あぁっ！　こんな……こんなん、うち。あぁぁぁっ♥」

打たれながらも、柚希は自然と尻を上げていた。その仕草はまるで打たれることを望んでいるかのようだ。

「お姉……！」

胡桃が声を上げれば、刃更はそちらを一瞥《いちべつ》する。

打つ手を止めれば、柚希は力なくその場に横たわった。

息も絶え絶えの唇の端《はし》から涎《よだれ》が滴《したた》るが、彼女はそれを拭《ぬぐ》うこともしない。

本当に気をやってしまったかのように、虚《うつ》ろな目のまま喘《あえ》ぐだけだ。

もはやどこまでが演技なのかもわからない。

そして、刃更は胡桃の尻に手を伸《の》ばす。

「お前もだ」

家着の胡桃はスパッツをはいている。

先程まで姉の尻を打っていた刃更の手が、黒い布地に覆われた胡桃の尻を撫《な》で、さらりと衣擦《きぬず》れの音を立てた。

胡桃はこれから襲《おそ》い来るだろう痛みと羞恥《しゅうち》に耐《た》えようと、きゅっと目を閉じた。

パン！　と乾《かわ》いた音が鳴る。

スパッツの上から刃更は胡桃の引き締まった尻を叩《たた》く。

「んっ」

眉根《まゆね》に皺を寄せて、唇を噛み、胡桃は耐えようとする。

だが、二度三度叩かれるたび、鼻から甘えるような息が漏れ始めた。

「あっ、んあっ。ダメ、これ……。ダメだよ、刃更兄ちゃん……」

刃更は何も言わない。尻をさすり、揉み、さらに叩く。

そのたびに胡桃が上げる声が熱くなっていく。

光の壁《かべ》の向こうで行われる鬼《おに》の屈服《くっぷく》調教を、澪たちは庭先から見つめていた。

最初こそ照れがあった刃更だが、今は冷酷《れいこく》非道の鬼になりきっている。演技なのか、素《す》なのかもわからない。

「刃更さん、ほんとやればできるじゃないですか……」

万理亜が心の底から感心した様子で、また、どこか恐《おそ》れるような声で言った。

繰《く》り広げられるのは、勇者の矜持《きょうじ》を踏《ふ》み躙《にじ》るような一方的な打擲《ちょうちゃく》。

それを為《な》される柚希と胡桃の姿は痛々しい。

だが同時に、あまりにも背徳的な艶《あで》やかさがあった。

誰かがゴクリと生唾《なまつば》を飲み込む音がする。

澪も万理亜もゼストも、鬼の所業から目を離《はな》すことができない。

「さあ、認めろ。お前たちは敗けたんだ。俺に、完全に敗けた。鬼の頭目。バサラ様に！」

乱暴に尻をこね回しながら、刃更は姉妹《しまい》の耳元に顔を近づける。

「だから屈服しろ」

唇の端を上げ、嘲《あざけ》りと共に囁《ささや》く。冷徹《れいてつ》だが聞くものの心を侵《おか》すような響《ひび》きがある声だ。

「そうすれば悪いようにはしない。かわいがってやる。俺の玩具《おもちゃ》としてな」

「私は……勇者」

瞳を熱で淀《よど》ませ、眉を震《ふる》わせながらも、柚希は辛《かろ》うじて言った。

「身体《からだ》は自由にされても決して、心は屈服しない」

「お姉……。あたしは……」

その隣《となり》で、胡桃は喘ぐ。ポニーテールを乱し、いやいやするように首を振った。

「あたし、もうダメ」

瞳から涙がこぼれ落ちた。

「胡桃！」

「お願い。刃更兄ちゃん。もうちょっと……もうちょっとだけ、優《やさ》しく触ってくれたら！

あたし……！」

「屈服するのか？」

再び刃更が囁く。

ほんの一瞬《いっしゅん》だけ胡桃は惑《まど》いを見せた。しかし、堰《せき》を切ったようにあふれる感情はもう止まらない。

「屈服する」

宣言する。

「屈服するから！　屈服するから、優しくして！　優しく……叩いたり、揉んだり……。お尻以外も、お願いだから」

「ずるい。胡桃。うちも……。うちも屈服するから」

柚希が声を上げる。

快楽で濁《にご》った姉妹の目はもはや刃更しか見ていない。

それを確信し、刃更は嘲笑《ちようしよう》を上げた。

「くっくっく！　はーっはっはっは！　屈服したな！　俺に、鬼の頭目！　バサラ様に、屈服したな！　ならば、望みどおりくれてやろう！　淫《みだ》らな快楽を――」

パリンッ！　と何かが割れるような快音が刃更の台詞《せりふ》を遮《さえぎ》った。

柚希と胡桃のお尻をさすりながら、刃更は音のほうに目をやる。

「障壁《しようへき》が解けました」

キラキラと緑の燐光《りんこう》が散る。先程《さきほど》まで東城家を覆っていた光の障壁は砕《くだ》けていた。

ゼストが手を差し伸べれば、燐光は彼女の手の上で儚《はかな》く明滅《めいめつ》して消える。

数秒を待たず、空中に残っていた光もまた闇《やみ》に溶《と》けていった。

澪と万理亜も無言のまま、リビングに戻《もど》ってくる。

「……えっと」

刃更の足元にはお尻を上げ、這《は》いつくばったままの野中《のなか》姉妹。

刃更はその手を引っ込める。

「終わったみたいだけど……」

柚希と胡桃が顔を上げる。

「刃更……。ウチ、まだ」「刃更兄ちゃん。今、やめられたら、あたし……」

二人の目はまだ快楽に濡れていた。

「あの……。刃更。実はあたしも、その……」

耳までも赤くして、もじもじとした様子で澪が上目遣《うわめづか》いに見る。

ゼストも何も言わないが、その視線には期待するようなものがあった。

「いや、でもな」

「刃更さん」

ロリエロサキュバスが妖艶《ようえん》に微笑《ほほえ》む。

刃更は溜息《ためいき》をつき、頭を掻《か》いた。それから足元の姉妹と、ようやく戻って来ることができた少女《鬼たち》を見回す。

「なら、鬼はまだ外に出ないでおくか」

節分の夜、東城家には甘い嬌声《きょうせい》がいつまでも響いた。

その夜は鬼によって、勇者が屈服させられた夜だった。

5

──という全《すべ》てを思い出し、「うわー」と、胡桃は炒《い》り豆《まめ》を手に真っ赤な顔をしていた。

「いくら演技でも、あたし……なんてことを。流され過ぎだよ」

顔に昇《のぼ》ってしまった熱はなかなか引かない。

ちょっと落ち着くまで掃除《そうじ》は中断しようかと考える胡桃は玄関《げんかん》の鍵《かぎ》が開く音を聞いた。

「ただいま。胡桃さん。私がいない寂《さび》しさに自分を慰《なぐさ》めていましたか？」

リビングに入ってくるロリエロサキュバス。後ろには荷物を持ったゼストもいる。

「う、うわ。わわ」

胡桃の顔はまだ赤いままだ。

目を丸くした万理亜は、そんな胡桃を興味深げに眺《なが》め、それからいやらしい顔をした。

「まさか本当に慰めていたなんて！　水臭《みずくさ》いですよ、胡桃さん！　それなら、いっそ私がその身体の隅々《すみずみ》にまで逃《のが》れられれぬ快楽を――」

「鬼は外ーっ!!」

とっさの精霊魔法《せいれいまほう》で放った硬《かた》い豆はスパァァアンッ！　と、サキュバスの顔面をまともに打った。

「オーガッ!?」

悲鳴が上がる。

その日、勇者は鬼に見事リベンジを果たした。

第八章　勇者も魔王も恐れおののくアレ

1

東城《とうじょう》刃更《バサラ》はこの半年で幾多《いくた》の死闘《しとう》を潜《くぐ》り抜《ぬ》けてきた。魔族の精鋭《せいえい》や古豪《こごう》、勇者の一族、果ては現魔王に魔神ケイオス。

大切な家族のために、命がけでそれらを退けた。

年齢《ねんれい》には不相応な、もはや歴戦の猛者《もさ》ともいえるだろう。

「えー。試験範囲《はんい》は学年末ということもあって、指定はしない。つまりは全部だ」

三月に入ったある日。教師が放った無慈悲《むじひ》な言葉に、そんな東城刃更は凍《こお》りついた。愕《がく》然《ぜん》としていた。

しまった……と思わざるをえなかった。

はっきり言って、刃更はこの三学期、それほど勉強をしていない。おろそかにしていたといっても過言ではない。

視線を巡《めぐ》らせれば、澪《みお》と目が合った。彼女は刃更とまったくもって同じ表情をしている。

魔界に赴《おもむ》いたのは年末から、一月上旬《じょうじゅん》であり、学校を休んだのは数日に過ぎない。

非日常に浸《ひた》り、日常をおろそかにするようなことはしたくない。だから、刃更たちは学校——授業にもできる限り出ていた。

とはいえ、ちょうど二学期にあたる時期、激戦の緊張《きんちょう》の中にあったため、今までと比べれば勉学はおろそかになっている。

さらには刃更が『聖《ひじり》ヶ坂《がさか》学園』に転入してきたのは、二学期からだ。

勉強が足りず、出題傾向《けいこう》もつかみきっていない。

刃更と澪のアイコンタクトは続く。言葉がなくとも、二人はひとつの決断を下していた。

2

「任せて」と柚希《ゆき》は言った。

いつも落ち着いた眼差《まなざ》しがひどく頼《たの》もしいと、刃更と澪は心から思った。

刃更と澪、柚希は『聖ヶ坂学園』の図書室を訪《おとず》れていた。学年末試験が近いということもあり、彼らと同じように試験勉強のために図書室に来ている生徒の姿も多い。

静寂《せいじゃく》の中、筆記用具の音が響く。

「頼《たよ》ってくれて嬉《うれ》しい」

柚希は言った。

「お世話になります」「お願いします」

刃更と澪は深々と頭を下げた。

柚希は勇者としての使命を果たし、日々の修練を積みながらも、優秀《ゆうしゅう》な学生としてもこの学園に馴染《なじ》んでいる。

それは《里》を出て、普通《ふつう》の生活を送りながらも学校生活には苦戦を強《し》いられていた刃更には驚異《きょうい》的なことだと改めて思えた。

「私と同じことをすれば、誰《だれ》でも普通の点は取れる」

あまりにも頼もし過ぎる言葉に、刃更と澪は神々《こうごう》しい存在を見る目を柚希に向ける。

柚希が数学の教科書を開いた。

「まず――」

白い指が公式を指差す。

「この公式を暗記する」

「ああ」「うん」

なるほどと、刃更は考える。

柚希の予想では確実に試験に出る公式ということなのだろう。

それなら全力で憶《おぼ》える――。

「それから、これ」

ページをめくり、柚希は別の公式を指した。

「応用のこれも」

さらに次のページの応用問題を示す。

「え？」「え？」

「次はこの公式で、そこから派生のこのふたつも」

刃更と澪の顔が徐々《じょじょ》に強張《こわば》っていく。

柚希は教科書の最初のほうから始め、だいたい二ページごとにポイントを指摘《してき》している。

刃更と澪が青ざめていく中、柚希のポイント教示は続く。

「この公式は必須《ひっす》。この下にあるものも――」

「いや、待ってくれ！」

思わず声を上げた刃更に、柚希がきょとんとした表情を向ける。

「……これ、全部やるのか？　最後のほうまで」

「うん」

柚希はさも当然とばかりに頷《うなず》く。

その時、刃更と澪は自分たちの甘えに気づいていた。

刃更たちは試験に出るだろうポイントを教えてもらい、そこを重点的に勉強するつもりだった。

柚希の戦闘スタイルは全応型剣士《マルチセイバー》。類《たぐい》まれな技巧《ぎこう》により、どのような相手とも斬《き》り結ぶことができる。そんな彼女は一見すれば何事にも効率よく対処するタイプに見えるかもしれない。

しかし、柚希の本質は違《ちが》う。彼女自身は本来器用な性分《しょうぶん》ではない。全応型剣士として戦うことができるのは、愚直《ぐちょく》なまでに努力を続けてきたから、どのような相手とでも戦えるようにと激しく厳しく、幅広《はばひろ》い修練を積んできたからだ。

つまるところ、全当たり方式が彼女の本当のスタイルともいえるかもしれない。

そんな柚希に対して、コツだけを学ぼうとしていた……。

刃更と澪は今になって罪悪感にかられる。

「次に行く？」

「いや、悪い。少しだけ……少しだけ待ってくれ」

「うん。あたしたちには自分を見直す時間が必要かもしれないわ」

「なんだよ。試験勉強か？　大変そうだねぇ。バサっち」

そこに場違いな声が交ざった。

「滝川《たきがわ》……」

顔を上げれば、いつの間にか滝川八尋《やひろ》がいた。彼の手には一冊の本がある。

「こっちの本とか読むのか？」

「そりゃ読むさ。下調べは大事だぜ？　まあ、今回借りた本は流行してるって話だから、興味本位だったんだけど……」

言葉にあくびが交じった。

「途中《とちゅう》で寝《ね》ちまってな。だから返しに来た」

「試験が近いのに、ずいぶんと余裕《よゆう》ね」

「俺がマジメに試験受けると思ってるか？」

「あんたね……」

滝川はこれまでにも学生生活に関しては魔法で細工をしている。

「確かに、お前は試験を受ける必要もないよな」

「学生生活は仕事外だからな。面倒《めんどう》はゴメンだ。俺にとってはこの先、役に立つものでもないし。魔法でうまくやるよ。バサっちや成瀬《なるせ》はそうはいかないだろうがな」

滝川が唇《くちびる》の端《はし》を上げる。

「この世界で生きる奴《やつ》は大変だ」

「この世界、か……」

「じゃあな。俺は別の本でも当たってみるぜ」

言い残し、ひらひらと手を振《ふ》ると滝川は去っていく。

その背を見送り、刃更と澪は顔を見合わせた。

「あいつ、いつも一理あるのが腹立つのよね」

澪は不機嫌《ふきげん》さを隠《かく》さない。

「でも……確かに、あたしは魔王の娘《むすめ》じゃなくて、普通の人間として生きることを選んだ」

「そうだな。たかが試験とは言えないか」

「あいつなんかに言われたのはほんとシャクだけど。でも、がんばらないと」

二人の決意に、柚希はコクリと頷いた。

我《われ》に返った刃更と澪はそちらを見る。

「やり方としては、柚希のやり方が正しいんだ」

「でも……今は致命的《ちめいてき》に時間がないのよね」

「なるほど。確かに徹夜《てつや》はするべきじゃない」

「……最初から徹夜が前提だったか」

「要点のみ教えるのは得意じゃない」

「そうだよなぁ」

具体的な方針が浮《う》かばず、刃更は天を仰《あお》いだ。

「試験。困るよね」

隣《となり》の机から聞こえた声に、目を瞬《しばたた》かせる。

「七緒《ななお》。それに梶浦先輩《かじうらせんぱい》も」

刃更たちの隣の机に、立華《りっか》と七緒がいた。生徒会としての作業なのか、書類らしいものをファイルにまとめている。

「真剣《しんけん》にやってるみたいだったから、声はかけなかったわ」

「ボクも。試験勉強に入る前にこの事務作業を終わらせないといけなかったのもあったけど」

「そっか。大変だな。何か手伝うことは？」

「そういうところ、いいところだと思うけど。そんな場合じゃないんじゃないの？　東城君」

「……確かに」

ぐうの音も出ない刃更の姿に、立華は思わず噴《ふ》き出した。七緒も眼鏡《めがね》の奥の目を細める。

「大丈夫《だいじょうぶ》よ。私たちの作業はもう終わるから」

立華は残る書類をまとめ上げつつ、刃更たちから少しだけ目を逸《そ》らした。

無言のままファイルを閉じる。

そのまましばし黙《だま》り込み、迷いつつも口を開く。

「ね、ねえ。東城君」

声はわずかに上擦《うわず》っている。

「今日で作業も終わるし。よかったらだけど……手伝おうか？　成瀬さんや野中《のなか》さんも」

「え？　でも」

「いいんですか!?」

澪が思わず身を乗り出す。

「私の試験勉強はほとんど終わってるようなものだし、教えることで復習にもなる。私なら去年の経験があるから、対策を教えることもできると思うけど……」

「ボクも一緒《いっしょ》でいいかな？　同じ学年だと、お互《たが》いフォローし合えると思うんだ」

「ありがたいです。七緒もありがとう。ただ……」

柚希に頼んだ以上、そちらを反故《ほご》にするわけにもいかない。

「いいと思う」

その想《おも》いを察してか、柚希は言った。

「皆《みな》でやったほうが楽しい」

彼女の言葉に澪たちも同意を示した。

「じゃあ、お願いします。先輩。七緒」

刃更に続いて、澪と柚希もペコリと頭を下げた。

3

それから連日、刃更たちは立華、七緒を加えて、図書室で試験勉強を続けていた。

「教師といえども、同じ人が作っていればクセのようなものは出るわ。去年とずらしていたとしても、出題傾向《けいこう》は絞《しぼ》られる。だから、そのいくつかのパターンを押さえればいい」

立華は自分で作ってきた資料を渡《わた》す。

彼女の説明はデータを踏《ふ》まえ、理路整然としていた。生徒会の先輩から教わった知識もまとめられている。

柚希とは別の形だが、真面目《まじめ》な立華らしいと、刃更はしみじみ思いつつ、彼女が出してくれたプランをこなしていく。

「ここ、わかりにくいよね。ボクも最初さっぱり理解できなかったんだ」

澪が迷っていると、七緒が声をかけた。

「うん。どっちの公式使えばいいのか迷っちゃって」

「四十五ページの分だって。ボクもこの前、梶浦副会長に教えてもらって」

「ありがとう。橘《たちばな》君」

そのやり取りを刃更は横目に見ていて、立華に「集中」と、叱《しか》られた。

謝って、目の前の課題に戻《もど》りつつも、刃更は七緒の新たな面を見つけることができたと思う。

先程《さきほど》、刃更が迷っていた時も、七緒は声をかけてくれた。

七緒は周囲の人の様子をよく見ている。観察し、その感情をある程度読み取っているともいえる。それはヴァンパイアハーフという特殊《とくしゅ》な生まれと、勇者の一族からの迫害《はくがい》という不幸な生《お》い立ちによって培《つちか》われてしまった性質なのかもしれない。

しかし、刃更たちはこの試験勉強中、そういうところに何度も助けられた。

「刃更。あとはここをやればいい」

柚希が教科書に載《の》っている応用問題をいくつか示す。

先日の総当たり状態とは違い、柚希は立華が出したプランから、その範囲《はんい》で重要な公式や応用問題を絞り込んでくれる。

「まだ増えるの⁉　はぁ……」

難しい顔ながらも、澪は手を止めない。

柚希、立華、七緒。勇者と生徒会の副会長とヴァンパイアハーフ。

本来はまったく違う立場にいるはずの三人が力を貸してくれていた。

ありがたいな——と、刃更は心から感じる。

澪もがんばっている。自分もがんばらなくてはと、眠気《ねむけ》を必死に嚙《か》み殺し、教科書に向かう。

こんな苦労ならいくらしても苦にはならない。

陰謀《いんぼう》や殺し合いではなく、自分たちの未来のための努力。

——と思ったが、刃更は一瞬《いっしゅん》意識を失い、船をこいでいた。

「ちょっと休憩《きゅうけい》する？」

皆が苦笑いしている。

「いや……。もうちょっとがんばってみる」

照れた顔をせざるをえない。

自分たちのためだとしても、普通に修練を積んでいるほうがだいぶマシだと思いつつも、
刃更は今期の試験範囲に立ち向かっていく。

「……辛《つら》い」

正直な気持ちを思わず愚痴《ぐち》りつつ。

4

そんな刃更の姿を、長谷川《はせがわ》は図書室が目に入る中庭から眺《なが》めていた。

眼鏡の奥、細めた瞳《ひとみ》には慈《いつく》しむような感情が宿り、表情もまた優《やさ》しい。

「この繋《つな》がりはお前が作ったものだよ」

柚希だけではなく、立華や七緒にも力を貸してもらっている。

勇者の一族ではない東城刃更として、戦いではなく日常の中で。

「私も声をかけてやりたくなるが……。教師だからな」

今は試験勉強の邪魔《じゃま》をするわけにはいかないと、背を向けた。

それから、携帯《けいたい》電話を操作し、せめてものメッセージを送る。

『試験勉強がんばってな。終わったら、大人のご褒美《ほうび》をあげよう』

送信し、携帯電話をしまおうとしたが、その前に返信が来た。

少し驚《おどろ》きつつ、ディスプレイに目をやる。

『ありがとうございます。先生としても見守ってくれているんですね』

思わず振り向けば、図書室の刃更と目が合った。

「……なんだ。気づいていたのか」

刃更の微笑《びしょう》に、長谷川は手を振り、今度こそその場を後にした。

5

「はぁぁぁぁ……」

溜息《ためいき》なのかあくびなのか深呼吸なのかもわからない吐息《といき》と共に、胡桃《くるみ》は大きく伸《の》びをする。

彼女はリビングのソファに浅く腰《こし》かけていた。

目の前のテーブルには任務に赴《おもむ》く未成年の勇者に対する教育支援《しえん》プログラムとしての教材が積み重なっている。

「お疲《つか》れ様《さま》です」

ゼストがその脇《わき》にコーヒーを置く。挽《ひ》き立ての豆の香《こう》ばしい匂《にお》いが湯気と共に立ち昇《のぼ》る。

「復習でも疲れるよね。こういうのお姉のほうが得意なんだけど」

ほとんど解き終えた問題集に目をやる。

「でも……みんなが試験勉強がんばってるんだから、あたしも総仕上げぐらいしとかないと。刺激《しげき》になるし」

言いつつ、胡桃はキッチンのほうを見た。

コーヒーの香《かお》りの中に、そちらから漂《ただよ》う料理のよい匂いが混ざっている。

クーとお腹《なか》が鳴ってしまった。

「そっちのほうが大変でしょ。料理かなり、手間かけてるみたいだし」

「いえ」と、ゼストは首を横に振《ふ》る。

「私が今、刃更様たちにできることはこれだけですから」

「きっと喜ぶよ」

試験の最終日、刃更たちが学校に行ってすぐに、ゼストは食事の準備を始めていた。もちろん、他《ほか》の家事もおろそかにしていない。

彼女の刃更への想いは、胡桃にも強く伝わってくる。

「……あの。ところで、そろそろこれ解きませんか？」

そして、リビングの床《ゆか》から聞こえた声に、胡桃たちは目をやった。

万理亜《まりあ》が転がっていた。念入りに縛《しば》り上げられて。

「違《ちが》うんですよ！　私はこういうプレイはされたいんじゃなくて、したいんです！　皆さんに！　特に胡桃さんに！　どうしてこんなことをするんですか⁉　私はただ試験勉強してる刃更さんたちに試験勉強中ゆえの背徳感とか、胡桃さんに再び保健体育の手ほどきをしようと思っていただけだというのに！」

「どうしようもなくそれが原因だよ」

胡桃は心底呆《あき》れた顔で言い放つ。

万理亜はここ数日、隙《すき》あらば試験勉強とエロを組み合わせたまったく新しい何かを企《たくら》んでいたので、胡桃が業《ごう》を煮《に》やしたのだ。

「まあ……。今日で試験も終わりだから。みんなが帰ったら解いてあげるよ」

「なるほど！　試験が終わった解放感！　それを利用してめくるめく快楽の沼《ぬま》に沈《しず》もうと

いうわけですね！　さすが胡桃さん、ドエロですね！」

「全然違う」

「あぁぁあっ⁉　きつい！　これ、きついです！」

胡桃は情け容赦《ようしゃ》なく、さらに厳しく万理亜を緊縛《きんばく》した。

「ただいま」

玄関《げんかん》のほうから刃更たちの声がした。

「あ、お帰り」「おかえりなさいませ」

胡桃とゼストが迎《むか》えに出る。

「え？　胡桃さん⁉　この縄《なわ》は？　刃更さん帰ってきたのに、私は⁉」

放置された万理亜にはゼストすら見向きもしなかった。


「試験の結果、よかったみたいだね」

「ん？　まあな。まだ返却《へんきゃく》はされていないが。なんでわかった？」

不思議そうな顔をする刃更や澪。

「すごく晴れ晴れとした顔してるから」

自覚はなかったのかと、胡桃は思わず笑ってしまった。

「そうか……。うん。実際、よかった。俺としては過去最高の感触《かんしょく》だ」

「あたしも」

刃更の声も澪の声も弾《はず》んでいる。

彼は胡桃とゼストに向き直り、背筋を正した。

「柚希や梶浦先輩《せんぱい》、七緒もそうだけど、二人にも家で色々助けてもらった。ありがとう」

心からの感謝を言葉にする。

「あたしは何もしてないよ」

「気遣《きづか》ってくれてたのはわかってるわよ。夜とか、万理亜のこととか」

照れた様子で目を逸《そ》らす胡桃。

「私は当然のことをしていただけです」

ゼストは首を横に振った。

「お疲れでしょうし、今夜の夕飯は期待していてください」

「ありがたいな。楽しみにしてる」

キッチンのほうから漂ってくるいい香りに、刃更は心から嬉《うれ》しそうな顔をした。

「じゃあ、一休みするか」

刃更たちは自室へ、ゼストはキッチンへ、胡桃は勉強の仕上げにリビングに戻《もど》る。

「いや、だから！　私のことを忘れないでくださいよ！　解いてくださいよー！」

解放感あふれる東城家に万理亜の悲痛な叫《さけ》びが響《ひび》いた。

第九章　ある勇者の一日

1

まだ夜も明けていない時刻。

月と星の明かりだけに照らされた薄闇《うすやみ》の中に、早瀬高志《はやせたかし》はいた。

身を切るような夜気に白い湯気が立ち上る。それは彼の吐息から生じたものだけではなかった。

高志は動きやすさを重視した服装をしている。上に着ているものはタンクトップのみ。湯気はシャツから覗《のぞ》く無駄《むだ》なく鍛《きた》え上げられた肉体から生じていた。頬《ほお》を伝った汗《あせ》が首筋へ流れ落ちていく。

構えたその手にあるものは長槍《ながやり》——冷艶鋸《れいえんきょ》の霊格《れいかく》複製だ。

彼が立つのは早瀬家の中庭。

息は既《すで》に切れている。疲労《ひろう》しきった身体《からだ》に、冷艶鋸は重々しくのしかかっていた。

「——はぁっ!!」

しかし、裂帛《れっぱく》の気合と共に高志は動いた。

スタミナの限界は超《こ》えている。そのはずが、動きに澱《よど》みはなく、速度は落ちない。

無数の突《つ》きが放たれ、さらには地を蹴《け》り、宙を舞《ま》う。

高志の眼前に敵の姿はない。

冷艶鋸が穿《うが》つのも、斬《き》り払《はら》うのもそこにある空間だ。

だが、彼の動きは、誰《だれ》かが見れば、間違いなく高志の目の前には敵がいるように錯覚《さっかく》するものだった。

明確に相手をイメージしての訓練だ。

「まだだ……！」

奥歯を噛《か》み締《し》め、白い息を吐《は》く。

「あいつはもっと強くなっているはずだ」

高志が思い描《えが》く相手。それはかつての友であり、数ヶ月前に神器『白虎《びゃっこ》』をもってしても敗れた男——東城《とうじょう》刃更《バサラ》にほかならない。

高志は確信している。

今、イメージしている東城刃更はあの時よりも数段強い。だが、本物の刃更は自分が想像したものよりもさらに強くなっているはずだ。

そういう男だ。

「まだだ……。まだだ!!」

だからこそ、鍛《きた》えなければならない。刃更を超えなければならない。

高志は身を削《けず》るかのように冷艶鋸を振るい続ける。

だが、彼の目に、刃更と対峙《たいじ》したあの時に宿っていた憎《にく》しみの色はなかった。


長い時間が過ぎ、夜が明け始めていた。

ようやく動きを止めた高志は《里》の山々をうっすらと染めていく陽光の中に佇《たたず》み、呼吸を整えていく。

その目は一点をじっと見つめていた。

視線の先にあるものは《里》の山々の一角。そこだけが削り取られたように窪《くぼ》んでいた。

実際、空間ごと抉《えぐ》られたのだ。あの惨劇《さんげき》の日に。

高志は見つめ続ける。その記憶《きおく》を決して薄れさせないように。

2

シャワーを浴び、着替《きが》えて朝食を済ませたあと、高志は家を出た。まだ朝は早く、人通りはほとんどない。

彼はそのまま一軒《いっけん》の家を訪《おとず》れる。

その家からは人の営みは感じられない。早朝だから誰も起きていないわけではなく、誰も住んでいない家なのだ。

東城家。かつて刃更や迅《じん》が暮らしていた家だ。

高志の手には自宅から持ってきた掃除機《そうじき》や雑巾《ぞうきん》があった。

合鍵《あいかぎ》で開錠《かいじょう》すると、家に上がり掃除機をかけ始める。

掃除のルート、手順、全《すべ》てがやけに手慣れている。

家具がほとんどなく、自然な埃《ほこり》以外の汚《よご》れがない部屋の掃除は滞《とどこお》りなく進む。

掃除機をかけ終われば、端《はし》から雑巾がけを行うだけだ。

一戸建てにもかかわらず、掃除は一時間ほどで終了《しゅうりょう》する。

雑巾を洗い終えたあと、高志は自分の腰《こし》を軽く叩《たた》いた。

「慣れんな」

ボソリと言う。

何度もやっている作業だが、楽だと思ったことはなかった。高志にとっては、掃除よりも修練のほうが容易《たやす》い。

今しがた掃除を終えた無人の東城家を見回し、高志はフンと鼻を鳴らした。

刃更が《里》を出たあと、放置された家の手入れはずっと柚希《ゆき》が行っていた。

彼女は《里》の皆《みな》に隠《かく》れ、いつ刃更が帰って来てもいいとでも言うかのように、掃除や手入れを続けていた。

他《ほか》の者はともかく、少なくとも高志はそのことに気づいていた。

「お前がいないからやっているだけだ」

誰に言うでもなく口にする。

柚希が《里》を出てから、高志は彼女の役目を引き継《つ》いでいた。自分には相応《ふさわ》しくなく、不本意だと感じつつも、毎週きちんと掃除している。

高志が東城家を出る頃《ころ》には《里》の光景は変わっている。

午前の太陽の下、《里》は動き始めている。見知った顔が行き交《か》っていた。

その中を高志は掃除機と雑巾を手に、帰路につく。

時折、刺《さ》すような視線を感じる。

無理もないと、高志は思う。

《里》には東城刃更に悪感情を抱《いだ》く者は多い。本人が望んでいなくとも、刃更はそれだけのことをしてしまった。

そんな彼の家を手入れする高志に、悪意が向けられないわけがない。加えて、高志は《里》の神器である『白虎』を持ち出してなお刃更に敗れている。

だが、高志は敵意の中でも胸を張る。

東城家の手入れは自らの意思で行っていることだ。今の自分が歩くのは自分自身で選んだ道だという自負があった。

『勇者の一族じゃない、ただの東城刃更として選んだ道だからだ』

あの日、刃更に言われた言葉が脳裏《のうり》をよぎった。

高志は足を止めた。

自宅の前に《里》の公用車が停《と》まっている。

姿を現したのは長老の使いだった。

すなわち、それは、早瀬高志に勇者としての任務が下されることを意味する。

3

高志は一人、廃墟《はいきょ》を歩いていた。

街から離《はな》れた、かつては旅館だったであろう建物だ。

午後の日差しが、破れてしまった窓からかすかに差し込み、舞い上がった埃を浮《う》かび上がらせる。

高志の足音に交じり、どこからか獣《けもの》の唸《うな》り声に似た音が聞こえていた。腐《くさ》った畳《たたみ》の匂《にお》いには生臭《なまぐさ》い臭気《しゅうき》も交じる。

高志は足を止める。

それらの元凶《げんきょう》であろう存在がいた。

薄暗い部屋はやけに広い。おそらくは宴会《えんかい》場だった場所だろう。

辛《かろ》うじて原形を留《とど》めた畳を踏《ふ》み、屈強《くっきょう》な肉体を持つ魔族《まぞく》が立っている。

身長は以前、高志が葬《ほうむ》った巨漢《ヴァルガ》の魔族ほどではないが、それでも彼よりも頭二つ分以上は大きい。肉体は鋭《するど》く鍛え上げられていた。

その顔は狼《おおかみ》に似ている。全身も鋭い獣毛《じゅうもう》に覆《おお》われていた。

「てめぇ……。勇者だな」

獣の魔族は高志を睨《にら》み、唾《つば》を吐く。

「……ここでも俺を殺そうってのかよ。人間如《ごと》きまでがよ」

牙《きば》を剝《む》いた魔族の声は怨嗟《えんさ》に満ちている。

「何が穏健《おんけん》派だ。何が現魔王派だ。俺はつくべき相手を間違《まちが》えただけだ。何も悪くねえ」

牙が擦《こす》れ、音を立てた。

「俺を敵視した奴《やつ》を殺した。それだけなのに、追放だと？　ふざけやがって……！　俺を殺そうとしやがって！」

鋭い爪《つめ》のある手が苛立《いらだ》たしげに身体を搔《か》き毟《むし》る。

厚い獣毛の下に、まだ新しく深い傷跡《きずあと》が残されていた。

「復讐《ふくしゅう》だ……！　復讐してやる！　俺を追いやった奴らに！　皆殺しだ！　だから、邪《じゃ》魔《ま》をするな。人間如きが。俺は力を蓄《たくわ》えんといかんのだ。正しいのは俺だ」

目の奥に憎悪《ぞうお》の炎《ほのお》を揺《ゆ》らす魔族を、高志はじっと見据《みす》えたまま動かない。

「どうせ使命とやらで来たんだろ？　命令されるだけの勇者め。そんな理由で死ぬ気か？」

獣人が傍《かたわ》らにあったものを右手だけで持ち上げた。

一人の少女だった。

中学生ぐらいに見える少女は意識を失っているが、息をしていることも見て取れた。

学校の制服は乱暴に破られている。ただ、大きな傷はなく、遠目にもまだ何もされていないことはわかる。

魔族はその頭をつかんでいた。気を失ったままの少女が苦しげに身じろぎする。

高志はそれを見据えたまま動かない。

「お前らはこういうのに弱いんだろ？　わかるな？　果実より簡単に潰《つぶ》せるぜ」

狼の頭が嘲《あざけ》りを見せた。

次の瞬間《しゅんかん》、その姿が掻き消える。

一拍《いっぱく》の間も置かず、人狼《じんろう》の魔族は高志の眼前に出現し、手刀を胸の中心へと突きこんでいた。鋭く太い爪が服を破る。

揺らいだ身体に、さらに容赦《ようしゃ》なく叩き込まれる連続攻撃《こうげき》。

殴打《おうだ》が側頭部を捉《とら》え、爪による斬撃《ざんげき》が血をしぶかせた。

よろめき後退した高志を目掛《めが》け、魔族はトドメとばかりに全身を回しての蹴《け》りを放った。

まともに喰《く》らい、吹《ふ》き飛ばされた高志の身体《からだ》はそのまま背後の壁《かべ》にめりこみ、亀裂《きれつ》を生じさせた。

声もなく、高志はずるずると崩《くず》れ落ちる。

「手を出さなかったのか？　それとも、俺が強過ぎて、何もできなかったか？　まあ、褒《ほ》めてやるよ。俺に従ったことだけは」

少女の頭を握《にぎ》ったままで嘲笑《あざわら》う。

「この娘《むすめ》はこれから散々嬲《なぶ》って、それから殺すけどな。残念だったな、勇者様」

「――そうか」

高志は呟《つぶや》いた。

少女を捕《と》らえた魔族の腕《うで》が千切れ飛んだ。

続けて胴《どう》が横一文字に両断され、最後に頭が落ちた。

遅《おく》れて魔族の下半身が床《ゆか》に倒《たお》れる。

悲鳴すらなく魔族は絶命していた。

そして、魔族が立っていたすぐ後ろに高志がいた。

傍らの床にはいつの間にか出現した冷艶鋸《れいえんきょ》が突《つ》き刺さっている。

彼の両腕は魔族が人質《ひとじち》としていた少女を優《やさ》しく抱いていた。

魔族の爪は高志の服を引き裂《さ》いていた。血も流れている。

しかし、致命的《ちめいてき》な傷は一切《いっさい》なかった。

全ての攻撃をまともに受けているようで受けていない。つまりは持ち前の速度をもって打点をずらし、斬撃にはあえて皮一枚を斬《き》らせただけ。

そして、勝利を確信した魔族が少女から注意を逸《そ》らした瞬間、高速で斬り捨てた。

高志にとって今しがたの戦闘《せんとう》はただそれだけのことだった。

「――使命か」

魔族の亡骸《なきがら》を振《ふ》り返ることもなく、高志は先程《さきほど》言われた言葉を反芻《はんすう》する。

脳裏をよぎるのはやはり刃更の姿にほかならない。

かつて《里》を追放されることになった幼《おさな》なじみ。そのまっすぐな眼差《まなざ》し。

憎《にく》しみに澱《よど》みきっていたこの魔族と比べるまでもない。

「勇者であること」

呟く。

「それは俺が……早瀬高志が選んだ道だ」

《里》の手配による救助が来るまで、少女を横たわらせる場所を探す。

汚れが少ない場所を選び、慎重《しんちょう》に寝《ね》かせた。

それから服を引き裂かれた彼女に、自分の上着を着せようとする。

高志は硬直《こうちょく》した。

少女の露出《ろしゅつ》は思いのほか大きい。ボタンを引きちぎられたブラウスの下には、中学生らしくシンプルなスポーツブラが見えている。破れたスカートから健康的な太ももが覗《のぞ》く。苦しげに身をよじった姿は、まだ未成熟な少女ながらも艶《あで》やかさを帯びつつあった。

高志は思いきり目を逸らした。顔は言い訳のしようがないほどに赤い。

彼女のほうを一切見ないまま、その気配だけを察知する達人の技術で上着をかけた。

4

高志が《里》に戻《もど》ったのは既《すで》に日が落ちつつある時刻だった。

傷の手当てと報告を終え、自宅に帰りついた時には空は真っ暗だった。

それから数刻、高志は再び庭先でトレーニングに励《はげ》んでいた。

速さを信条とする高志だが、強さの基礎《きそ》が鍛《きた》え上げられた肉体にあることは重々承知していた。だから、技《わざ》だけではなく、肉体そのものを鍛え抜《ぬ》かなければならない。

拳《こぶし》を握っての腕立て伏《ふ》せを続ける。包帯を巻いた身体を汗《あせ》が伝い、地面に滴《したた》り落ちた。

そんな中、高志は塀《へい》の向こうに人の気配を感じた。

顔を向け、わずかだが驚《おどろ》きを見せる。

そこにいたのは《里》の長老の一人、熊野《くまの》だった。

「熊野さん」

「邪魔をしてすまんの。楽にしてくれんか」

腕立て伏せをやめて立ち上がり、頭を下げようとする高志を、熊野は手で制する。

「いくつか話があってな」

塀を挟《はさ》んだまま、熊野は話を切り出した。

「お前さんが助けた娘は無事だ。《里》の管理する病院で治療《ちりょう》とカウンセリングを受けておる」

「そうですか。最善の結果でよかった」

高志の表情は変わらない。ただ、かすかに息がこぼれた。

しかし、同時に彼の目には疑念の色があった。少女の安否についてではない。

その情報を《里》の長老ともあろう者がわざわざ伝えに来たことだ。そもそも、任務の後のことは高志に知る権利自体はなく、知らせるとしても使いを送るか、電話でも済むことだ。長老がこんな時間に一人で散歩しているはずもない。

「東城刃更が戻ってくる」

高志の疑念を察してか、熊野は言った。

「刃更が……」

高志は驚きを隠《かく》すことができない。

「そう。以前より進めていた話じゃがの。《里》に招き、これまでの経緯《けいい》を直接話してもらうということじゃ」

確かに、検討されているということは高志も聞いていた。

「急じゃが。明日《あした》には来る」

「そうですか。しかし……」

何故《なぜ》、その話を今？

「警戒《けいかい》せんでもいい」

熊野は人のいい笑《え》みを浮かべた。

「食事の準備を任せたいんじゃ」

「食事、ですか」

意外な依頼《いらい》に虚《きょ》を衝《つ》かれつつも、高志は熊野が来た意図がなんとなく理解できた。

招く以上、食事の準備は必要だ。

本来であれば、東城家に近い野中《のなか》家が担《にな》うべきかもしれないが、柚希や胡桃《くるみ》が刃更に同行している以上、《里》側も情報漏洩《ろうえい》などを恐《おそ》れ、慎重にならざるをえない。長老直属の部下が準備すれば、逆に刃更たちが警戒する。さりとて、《里》の多くの者は東城家に対して、難しい感情を抱《いだ》いている。そちらに任せればトラブルを招く可能性がある。

だから、中立を保つことができ、一人暮らしの高志が緩衝材《かんしょうざい》として選ばれたのだろう。

「わかりました」

「任せてよいのか？　おぬしも色々……」

即答《そくとう》に熊野のほうが驚いていた。

「断る理由がありません。今、《里》で刃更の食事を作ることができるのは、俺だけです」

理にかなっているならしかたがないと、高志は納得《なっとく》していた。

「そうか。なら、頼《たの》むぞ」

そんな彼の勢いに心なしか気圧《けお》されつつ、熊野は言った。

5

だから、早瀬高志は全力を尽《つ》くす。

「こんな使命も果たせないと思われたらシャクだ」

彼は早瀬家のキッチンに立つ。

熊野が帰ったあと、高志はすぐさま動き出した。家に保存してあるもので、今使うことができる最高の食材を準備した。

夜も遅《おそ》く、商店で調達できそうもない食材も多い。

ゆえに先程、川に行って、自力で魚も捕ってきた。高速槍術使い《クイック・ランサー》の高志には造作もないことだ。

雄大《ゆうだい》な自然の中で育《はぐく》まれた《里》の野菜はどれもうまい。捕ったばかりの魚もまた新鮮《しんせん》さでは右に出るものがない。幸い肉の類《たぐい》も冷蔵庫にあった。

「最高の食材だ」

確信をもって口にする。

時計を見れば既に時刻は午後十時を過ぎていた。

今日は任務にも赴《おもむ》いている。普段《ふだん》なら明日に備えて就寝《しゅうしん》準備をする時間だ。

だが、高志は徹夜《てつや》を決めていた。

刃更が納得せざるをえない料理を作る。そのために一人暮らしで培《つちか》った全《すべ》ての技術と、勇者としての誇《ほこ》りをそそぎこむ。

「いくぞ。これが……俺だ。早瀬高志だ」

6

全てが終わった時、夜は明けていた。

窓から差し込む光を、高志はまぶしそうに見つめる。

目の前には今の自分にできる全てを尽くした料理が詰《つ》まった重箱がある。

野菜は煮物《にもの》を中心としていた。刃更が来る正確な時間はまだわからないため、作ってすぐに食べなければならないサラダの類は避《さ》けたのだ。

《里》で採れるフキやタケノコ、ゼンマイをふんだんに使った煮物はしょうゆでしっかりと味付けをしてある。一緒《いっしょ》に用意した高野豆腐《こうやどうふ》の卵とじや、カボチャの煮物とは味わいも合うだろう。

新鮮な川魚も同じ理由で冷めてもおいしく食べられるものに料理する必要があった。よって、こちらも煮つけにしてある。臭《くさ》みを消すために用いた生姜《しょうが》の香《かお》りが心地《ここち》よい。

だが、和食ばかりでは、《里》育ちの刃更はともかく、成瀬澪《なるせみお》が文句を言うかもしれない。

夕食の任を受けた以上、そして、満足させようというからには、それは避けたい。

ゆえに高志は和食に加え、洋食も準備しておいた。

柔《やわ》らかな春キャベツを用いたロールキャベツ。カレー風味のハンバーグ。それに、冷めてもおいしいように工夫《くふう》を加えた照り焼きチキン。

高志自身の腹が鳴るほどに食欲をそそる匂《にお》いが漂《ただよ》う。

無論、栄養のバランスを考え、ブロッコリーやアスパラガスを添《そ》えてある。

ご飯もやはり冷めること前提で少し濃《こ》いめの味付けをした炊《た》き込みご飯にしてある。こちらには鶏肉《とりにく》と共にゴボウやニンジンなど根菜を混ぜてあった。

現段階の自分の実力において、完璧《かんぺき》だと言える総決算の重箱。

これならば……刃更も成瀬澪も文句は言えず、栄養素もバランスよく摂取《せっしゅ》することができるだろう。

高志は満足げに微笑《ほほえ》み、目を閉じた。

熊野は別にそこまでしろと言ったわけではなかった。夕飯を持って行ってやれという程度だった。つまるところ、商店でお弁当を準備するなり、出前でもよかったのだ。

高志がそのことに気づいたのは、刃更と再会した時なのだが、それはまた別の話。

第十章　契約者《テスタメント》のホワイトデー

1

窓の向こうには暖かな日差し。寒の戻りはあるものの、ようやく暖かくなり始めてきた三月上旬《じょうじゅん》。

東城《とうじょう》刃更《バサラ》と滝川《たきがわ》八尋《やひろ》は喫茶店《きっさてん》のテーブルを挟んで座っていた。

刃更の表情は重い。何を言うべきか迷っている。そんな様子だった。

それを見て、滝川は露骨《ろこつ》に溜息《ためいき》をついてみせる。

「なんだよ。深刻な話は面倒《めんどう》だな。俺も骨休めしたいんだぜ」

肩《かた》をすくめる。

「わかってる。すまない……」

刃更は重苦しい表情のまま切り出した。

「だけど、正直、これに関してはお前以外に相談できる相手がいない」

滝川は眉間《みけん》に皺《しわ》を寄せる。

「おいおい。また借りを作る気か？　魔界《まかい》の関係が一段落したっつっても──」

「お前なら、ホワイトデーは何を贈《おく》る？」

「あぁ？」

滝川は思わず口を開けた。

それから真剣極《しんけんきわ》まりない刃更の顔をもう一度見る。

眉《まゆ》をひそめ、額に手を当て、ビクビクと身体《からだ》を震《ふる》わせ、そして、腹を抱《かか》えて大爆笑《だいばくしょう》した。

「ホワイトデーって！　バサっち、ホワイトデーとか！」

涙《なみだ》すら浮《う》かべて爆笑する。

「……いやぁ。危《あや》うく笑い死ぬかと思ったぜ」

十数分後。ようやく笑いが収まった滝川は、目尻《めじり》に浮かんだ涙を拭《ぬぐ》った。

「これだけ笑われるとは思っていなかったが。笑われるのも無理はない」

刃更は深く吐息《といき》する。

「とはいえ、本当に見当がつかないんだ。去年まではこういうのに縁《えん》もなかったから」

「今じゃすっかり東城ハーレムの主なのになぁ」

滝川は呆《あき》れた顔でコーヒーをすする。

「だけどまあ……。そういう話なら相談に乗ってやってもいいぜ。バサっちと俺の仲だ。ただし――」

さっきまで笑っていた滝川の顔から表情が消え失《う》せた。

冷たく昏《くら》い眼差《まなざ》しが刃更を貫《つらぬ》く。それは滝川八尋ではなく、魔族ラースとしての彼の顔とも言える。

「俺からも話がある。これに乗れば貸し借りはなしだ」

「なに？」

刃更は警戒《けいかい》を見せたが、構うことなく、滝川は続ける。

「チョコをもらった」

滝川の言葉に、刃更は目を瞬《しばたた》かせた。

「そ、そうか。学園の関係者か？　それとも、幼なじみの……。いや、そっちはないか。

バレンタインデーは魔界の習慣じゃないし」

「ああ、そうだ。そのはずが……あの姉貴がチョコをくれた。レオハルトの姉貴――リアラ様が、だ」

「な……」

刃更は絶句する。背筋を怖気《おぞけ》が這《は》い上がっていく。

現魔王レオハルトの姉、リアラ。麗《うるわ》しく柔らかな美貌《びぼう》とは裏腹に、底知れない力と、狂気《きようき》にも似た何かを持つ存在だ。

その姿を思い出すだけで湧《わ》き上がる恐怖《きようふ》を止めることができない。

「……意図がわからない」

滝川は額を押さえる。

「裏切るなよっていう脅《おど》しか？　それとも、別の意図か？　俺でも察知できない魔法でもかかってるのか？」

刃更は本気で苦悩《くのう》する滝川を気の毒そうに眺《なが》めるほかない。

「食べるのがこんなに怖《こわ》いチョコなんて他《ほか》にはないと思うぜ。……とはいえ、食べないほうが怖かった」

「……食べたんだな」

滝川の顔は珍《めずら》しく青ざめているように思えた。

「でまあ……俺も何をどう返せばいいか迷ってたんだ。なんせ、命にかかわるからな」

「本当に気の毒だな」

刃更は心から同情する。

「はぁ……。ホワイトデーの菓子《かし》とか贈るなら、もっと平和に贈りたいぜ」

しみじみとぼやき、滝川が席を立つ。

「まあ、行こうかね。男二人で、ホワイトデーのブツ選びとやらに」

「ああ。頼《たの》む」

刃更もまた席を立ち、二人は未体験の戦場へと足を踏《ふ》み出した。

2

刃更と滝川はこれ以上なく難しい顔をしていた。

目の前にあるのはデパートのホワイトデー特集コーナーだ。

「それにしても、あれな。バサっち。成瀬《なるせ》たち以外からもチョコもらってやがるんだな。罪深いねぇ」

「義理だ。世話になってるのは、俺のほうなんだが」

刃更が思い出すのは、全身全霊《ぜんれい》をもって『義理っ!!』と書かれた立華《りっか》の生チョコだった。

ともかく、二人の前にはホワイトデー関連の商品が山となっている。種類もお菓子から日用品、衣類まで様々だ。

難しい顔のまま、刃更と滝川は青と白を基調としたコーナーに視線を巡《めぐ》らせていく。

「マカロンとかいうのはどうだろう？　定番じゃないか」

マカロンの発音すらたどたどしく刃更が言う。

「食べ応《ごた》えがなさ過ぎるだろ。あれは」

「女子が食べ応え求めるのか」

二人は腕《うで》を組み、首をひねる。

「じゃあ、バサっち。ブランドもののチョコにしようぜ。鉄板だろ。金ならあるだろうし。魔界の件でかなりもらったんだろ？」

「いや、個人的なことには使わない」

「ほんとマジメだな」

「それに……ブランドものだと、義理へのお返しとしては重過ぎないか？」

「意外と気にするよな。そういうとこ。重いもの贈って、恩を売ればいいのによ」

男二人が顔を突《つ》き合わせて唸《うな》る。

「ケーキは賞味期限が厳しいからなぁ。迷惑《めいわく》になりかねない」

「またほんと細かいこと気にするねぇ。クッキー……は、やっぱり食べ応えがないな」

「意外なほど食べ応え重視だな」

「俺は実用重視なんだよ。上品さが腹の足しになるか？」

そんなことを言いつつ、コーナーの前をうろうろして数十分。

それでも贈るものは決まらない。ダメ出しだけが積み重なっていく。

「……もうちょっと頼《たよ》りになると思い込んでたな。経験豊富そうで」

刃更は思わず愚痴《ぐち》る。

「いや、バサっち。すげえ失礼な台詞《せりふ》の上に、魔族アテにしてるのおかしくね？」

滝川が顔を歪《ゆが》めた。

「……すまない。ぐうの音も出ない」

反省しつつも別の商品を探し、刃更は顔を上げた。

「ん？」と呟《つぶや》く。その視線の先に本屋があった。

「滝川。そもそも、俺たち、知識が足りないんじゃないか」

「いいこと言うね。バサっち。確かに、その判断はありだ」

二人は本屋のほうに向かう。

彼らが手にしたのは無論、ホワイトデー特集が掲載《けいさい》された情報誌だった。

コーナーの性質上、女性客が多い中、男二人で一冊の本を覗《のぞ》き込む。

「菓子はさっき見た類《たぐい》のものが多いか」

「あれはあれで正解ってことじゃね？」

頷《うなず》きつつ、滝川がページをめくる。

「『オシャレなスイーツホワイトデー。ケーキのお店で個人パーティ』……高《たけ》ぇっ！」

「つまりは、誕生日パーティでお店を借りきるような感じか。ホテルのホワイトデーとか、ホワイトデーツアーなんかもあるな」

「バサっちはありじゃね？　ハーレムパーティすればいいじゃねえか」

「いや、高校生としてはなしだろ」

「バサっちの場合、あの人数に加えて、学校の奴《やつ》らもいるのか……。例の報酬《ほうしゅう》使う気がないなら、ちょっと負担が大きいか。……もう使えばいいんじゃね？　それで解決だろ。ハーレムパーティしろよ。考えるの面倒だしさ」

「そうだな。なら、お前もあの姉さんをパーティに誘《さそ》えばどうだ？」

しばしの沈黙《ちんもく》のあと、互《たが》いにアハハハと乾《かわ》いた笑いをこぼす。

「というかよぉ。バサっち、もうこれでいいんじゃね？」

滝川は手に取ったものを無造作に刃更の頭につけた。

本屋のホワイトデーパーティ向けコーナーに陳列《ちんれつ》されている白いネコミミだ。

刃更は白ネコミミのまま、きょとんとした顔をする。

それを指差し、滝川は思いきり噴《ふ》き出した。

店内の鏡に自分の姿を映し、刃更はようやく滝川がしたことに気づく。

「いや、おかしいだろ」

「けっこう似合ってるぜ。バサっち。ぷっ」

「泣くほど笑いながら言うな！　じゃあ、お前もつけて、あの姉さんに写真でも送ってやれ！」

刃更は別のネコミミを手にして、滝川につけようとする。

対して、滝川は半ば本気の鋭《するど》さを感じさせる動きで、腕をつかみ、それを阻《はば》んだ。

「つけてみろよ。滝川」

「ないわー。ないわー。バサっち」

刃更の目も、滝川の目も若干《じゃっかん》本気だった。二人の力は均衡《きんこう》している。

「よく見たら、ネコの尻尾《しっぽ》もあるぞ。滝川」

「へー。そりゃあよかった。そいつでニャンニャンしたら、どうだ？　バサっち」

ネコミミ刃更と、滝川は組み合ったまま至近距離《きより》で睨《にら》み合う。

「バサっち……。お前、本気でやんのか？」

「冗談《じょうだん》に決まってるだろ？　だから、おとなしくしてもいいんじゃないか？」

もはや二人の間に立ち込める気配は殺気に近い。

「ばさ、ら……？」

聞こえた声に、その殺気が消え失《う》せた。

刃更と滝川はネコミミをつけようと組み合ったままで声のほうを見る。

成瀬澪《みお》がいた。隣《となり》には万理亜《まりあ》もいる。

澪は信じられないものを見る目で二人を見ていた。

万理亜は携帯《けいたい》で刃更たちの写真を連続撮影《さつえい》していた。

澪は視線を外さぬまま、万理亜の携帯を取り上げ速《すみ》やかに写真を消去する。

「なんてことするんですかー!?　これは色々な意味で使えそうな光景ですよ!?」

絶叫《ぜっきょう》する万理亜をよそに、澪は無言のまま刃更たちを見つめ、それからやはり無言で目を逸《そ》らした。

「そ、そういうのも……理解できるように、がんばる」

頬《ほお》を朱《しゅ》に染め、目を伏《ふ》せて呟く。

「そういうって、どういう誤解だ⁉」

「バサっち！　フォローはしとけよ⁉」

身を翻《ひるがえ》し、滝川が刃更のもとから脱《だっ》する。

「滝川！」

「ほんとフォローしとけよ‼」

止める間もなく、滝川は消え失せた。

全力を用いての逃亡《とうぼう》に間違《まちが》いなかった。

ネコミミをつけたままの刃更は立ち尽《つ》くす。その手にもまた別のミミと尻尾が残されたままだった。

チラリと澪のほうを見れば、彼女は至極《しごく》後ろめたそうにしている。

「いや、だから。本当に違うからな」

刃更はこれ以上ないほど鬼気迫《ききせま》る表情で言った。

3

「……最初からあたしに相談してくれればよかったのに」

澪は苦笑いするしかなかった。

刃更と澪、万理亜はデパートを出て、帰路を行く。

「プレゼントする相手に、その相談をするのはなぁ」

刃更はバツの悪そうな顔をする。

「気持ちはわかるけどね。でも……いつも気遣《きづか》ってくれてるんだし、こんな時は頼ってくれてもいいんじゃない？」

「結局、頼らせてもらったしな」

刃更の手にはデパートの紙袋《かみぶくろ》がある。中身はかわいらしくも、しっかりした箱に入ったマシュマロの詰《つ》め合わせだった。マシュマロ自体も色とりどり、味も様々なものが入っている。

「刃更にはあたしがいないと」

得意げに胸を張る澪に、刃更は何も言い返すことができない。

「でも、実はね――」

澪は隠《かく》していたものを見つけられた子供のように、無邪気《むじゃき》な表情を見せる。

「あたしもバレンタインの時、あそこで迷ってたの。同じ売り場でね」

「そうなのか？　今日は選ぶのに慣れてるみたいだったけど」

「あげるのともらうのじゃ、違うからね」

刃更が持つマシュマロの箱に目をやる。

「それに……あたしも人にアドバイスをもらったから。だから、刃更に偉《えら》そうにはできないわ」

「……そういうものなのか」

刃更は目を細める。

「だけど、ありがとう」

「ううん。あたしこそ」

澪は恥《は》ずかしげにしつつも刃更に身を寄せた。

「お返しありがとう。お兄ちゃん」

上目遣いで刃更を見る澪の顔に輝《かがや》く笑《え》みが浮《う》かんだ。

刃更の手がその頭をクシャリと優《やさ》しく撫《な》でる。

「ところで、刃更さん。マシュマロにどんな媚薬《びやく》仕込みますか？　この私が相談に乗りますよ！」

「カケラも頼《たの》んでねえよ」「やったらひどいわよ」

兄妹《きょうだい》の声は見事なまでに重なっていた。

エピローグ

1

そして、やって来た三月十四日。

「なんだかかえって色々させてしまったなぁ」

ダイニングテーブルの上に並ぶ料理の数々を見て、刃更《バサラ》は言った。

ピザやチキン、キッシュが香辛料《こうしんりょう》やチーズのよい匂《にお》いを漂《ただよ》わせる。大盛りのサラダがそれらに並んで用意され、さらには新鮮《しんせん》な果物が鮮《あざ》やかな色と爽《さわ》やかな香《かお》りを添《そ》えていた。

「せっかく刃更様がホワイトデーのお菓子《かし》を用意してくれたのですから」

「おいしく食べたいしね」

ゼストと胡桃《くるみ》が並んで持ってきたのは、刃更がプレゼントとして選んだマシュマロだった。

それぞれに渡《わた》したマシュマロをまとめ、ガラスの器《うつわ》に綺麗《きれい》に盛りつけてある。

「工夫《くふう》もする」

続けて柚希《ゆき》が運んできたものは、湯煎《ゆせん》してとろとろに溶《と》かしたチョコレートだ。その添えものとして、クッキーも用意してある。

「正直、マシュマロでは物足りないと思いましたけど、媚薬たるチョコレートがセットならサキュバス的にも安心ですね」

しきりに頷く万理亜《まりあ》。

「媚薬としての即効性《そっこうせい》がないのは、前にもう証明されてるからな」

「でも、万理亜はともかく、さすがは柚希やゼストよね。おいしい食べ方相談してよかった。マシュマロって色々な食べ方ができるのね」

「はい」と、柚希がマシュマロを刃更に差し出した。

串《くし》で刺《さ》したマシュマロは先程《さきほど》の溶けたチョコに浸《つ》けてある。

チョコレートが滴《したた》るそれを、刃更は一口に食べた。

マシュマロ特有のふんわりとした食感と優しい甘さ。それがまとわりつくチョコレートの濃厚《のうこう》な甘みと、わずかな苦味を強調する。

重なり合い、広がる味わいに、刃更は幸せそうに目を細めた。

2

同日。

梶浦立華《かじうらりっか》は自室に鍵《かぎ》をかけた。

施錠《せじょう》されていることを何度も確かめ直したあと、机に向かう。

そこには愛らしい包装がされた箱があった。

伸《の》ばした手は震《ふる》えている。顔は緊張《きんちょう》で強張《こわば》っていた。

「義理のお返し。義理のお返しだから。勘違《かんちが》いしないわ」

自分に言い聞かせて、包装を開ける。

その時、立華は包装の中に差し込まれていたメッセージカードの存在に気づいた。

箱や包装と同じ愛らしいカードには、その装飾《そうしょく》にそぐわない飾《かざ》り気ないペンの文字でメッセージが書き込まれている。

『梶浦先輩《せんぱい》。いつもありがとうございます』

言葉もまたシンプル過ぎるものだった。

立華はしばらくそれを眺《なが》めたあと、箱からマシュマロをひとつ取り出し、口に入れる。

「まったく……。東城《とうじょう》君らしい」

心の底から幸せそうに呟《つぶや》いた声は確かに弾《はず》んでいた。

もう指は震えていない。


橘《たちばな》 七緒《ななお》は刃更からもらったホワイトデーのプレゼントを胸に抱《だ》く。

そうするだけでプレゼントを渡してくれた時の刃更を思い出すことができた。

『男からのお返しで悪いな』

照れた刃更の顔は、七緒からすると少し新鮮だった。

「でもね、東城君――」

彼からのプレゼントを愛《いと》しげに抱き締《し》めたまま、七緒は目の前にある姿見に目をやる。

映り込む七緒の姿。箱を抱いた胸元《むなもと》はわずかに膨《ふく》らんでいる。

「まだ女の子の姿から戻《もど》らないんだ」

不安に眉《まゆ》を下げながら、しかし、口元をかすかに綻《ほころ》ばせて、七緒は言った。

七緒はまだ自分の本当の気持ちに気づいていない。気づいていないと思っている。

橘七緒がその事実を受け入れるのは、まだ少しだけ先のことだった。

長谷川《はせがわ》の指がテーブルの上の写真に伸びた。

彼女の自室に飾られているその写真は、一月に刃更と旅行した時のものだ。

滝《たき》をバックに、仲睦《なかむつ》まじい恋人《こいびと》のように、長谷川と刃更が写っている。

そのすぐ横に、刃更からのホワイトデーのプレゼントが置いてあった。

刃更が恥ずかしそうに渡してきた綺麗な箱を、長谷川は長い指でコツンと突《つつ》く。

「まったく……。バレンタインデーに続いて、今日もあの子たちにあげるんだから、私は人がいいな」

窓のほうに目をやった彼女の顔には少し寂《さび》しげな影《かげ》が落ちる。

「マシュマロだけじゃ満足しないぞ。——東城」

彼の名を呟く吐息《といき》は熱い。

滝川《たきがわ》は一人、夜の街を歩く。

繁華街《はんかがい》の喧騒《けんそう》と、極彩色《ごくさいしき》のイルミネーションの光の中、彼はポケットの携帯《けいたい》を取り出した。

眉をひそめ、届いたメールを見る。

間を置き、滝川は噴《ふ》き出していた。

開いた画像――写真にはレオハルトが写っている。真剣《しんけん》な表情をしているレオハルトは、滝川が知るままの姿をしている。

しかし、リアラが腕《うで》を組み、身体《からだ》を密着させて、その口にマシュマロを放《ほう》り込んでいた。

結局、迷いに迷った末、滝川がお返しにと選んだものだ。

「命拾いしたな」

楽しそうな魔界《まかい》の姉弟《きょうだい》を一瞥《いちべつ》し、滝川は携帯をポケットにしまった。

そのまま、彼の姿は雑踏《ざっとう》の中へと消えていく。

3

東城家の食卓《しょくたく》に、いつも以上に賑《にぎ》やかな声が響《ひび》く。

「ほらー。胡桃さん。遠慮《えんりょ》しないで食べてくださいよ」

「やだよ！　今、何か変なもの混ぜただろ！」

チョコマシュマロを食べさせようとする万理亜と抵抗《ていこう》する胡桃。

二人の姿はじゃれ合っているようにしか見えない。

「今度、レシピ教えて」

「かしこまりました。あの……できれば、私にもあのシチューを教えていただけませんか？」

真剣な表情でゼストの料理を味わう柚希と、メモを取るゼストが料理の情報を交換《こうかん》し合う。

それらを横目に、刃更はマシュマロを味わう。

最初は、プレゼントしたものだから——と遠慮したが、気にせず食べていいと言われて、みんなでマシュマロをパクついていた。

さっきのようにチョコを絡《から》めて、あるいはクッキーで挟《はさ》んで、時にはレンジで温めてみたり、火で炙《あぶ》ってみたり、様々な味わいを堪能《たんのう》している。驚《おどろ》くほどにマシュマロには多くの食べ方があった。

万理亜も胡桃も、柚希もゼストも楽しんでいる。

刃更はそれを見て、表情を綻ばせながらも考えてしまっていた。

本当に幸せそうな家族の姿。
魔族でも勇者でも、十神でも。
こんな幸せな姿をずっと見ていたいと、刃更は心の奥から思う。
いや、違うと、刃更は考え直す。
こんな姿をずっと見ていることができるように、戦わざるをえない時には戦うのだ。
ふと、掌《てのひら》に温かく柔《やわ》らかなものが触《ふ》れた。
隣《となり》に座る澪《みお》が手を重ねている。
言葉は交《か》わさずとも、今、彼女が同じ想《おも》いを抱《いだ》いていることはわかった。
おそらく澪以外の皆《みな》もだ。
刃更はそれを嬉《うれ》しく思う。だから、今、この日、この瞬間《しゅんかん》を大事にする。
もし、また戦わなければならない日が来た時のためにも。
「楽しもうな」
「うん」
刃更と澪は心からの笑《え》みを交わした。

あとがき

初めまして。あるいはお久しぶりです。『新妹魔王《しんまいまおう》の契約者《テスタメント》 LIGHT《ライト》!』に続いて執筆《しっぴつ》を担当させていただきました八薙玉造《やなぎたまぞう》です。

本作は、『新妹魔王の契約者 LIGHT!』同様、気軽に楽しんでいただける日常系コメディ(エッチ分多め)の短編集となっております……が、今回はコンセプトとしてラブ増量、エッチなシーン増量、季節イベント連動重視に振《ふ》ってあります。

舞台《ぶたい》となる時期を本編8巻と9巻の間(刃更《バサラ》が長谷川《はせがわ》先生との旅行から帰ってから、終業式を迎《むか》えるまで)と想定——つまりはメインとなるエピソードはバレンタインデー! 返す刀でホワイトデー! となれば、そうせざるをえない!

——ということで、前作とは違う雰囲気《ふんいき》を楽しんでいただければ幸いです。違うと言いつつも、ドタバタしたコメディであることも間違いないのですが。

また、前作ではタイミング的にあまり活躍《かつやく》させることができなかった長谷川先生。登場させられなかった生徒会の立華《りっか》と七緒《ななお》や、魔界勢のシェーラ、ルキアもがっつりと描《えが》くことができました。書いてみたいと思っていたキャラだったので、僕個人としてもとても満足しています。

もちろん、いつもの面子《メンツ》で、澪《みお》、万理亜《まりあ》、柚希《ゆき》、胡桃《くるみ》、ゼストがメインのお話もばっちりありますのでご安心ください。高志《たかし》、滝川《たきがわ》も！

ちなみに想定よりも分量が増えてしまったのですが、増えた理由がエロいシーンを書いたら増えたという、実に新妹っぽい理由でした。増量でお得です！


以下、雑談的なお話です。ほんの少しだけネタバレがあるのでご注意ください。

今回の短編の中に出てくる春画展のモデルとなった春画展。東京と京都で開催《かいさい》されていたのですが、両方行ってきました。いや、東京のほうは用事で上京した時に行ったのですが（成人向けの展示です。既《すで》に終わっていますが、念のため）。

『第四章　サキュバス・オリエンタル！』で万理亜とシェーラがしきりに感動しているのですが、実際の展示も、サキュバスならずとも胸に来る代物《しろもの》でした。ハーレム、二次創作、触手《しょくしゅ》もの、医術書のふりをしたエロ本と多彩《たさい》なラインナップ。

さらに驚《おどろ》いたのは掌サイズの春画の存在。豆判春画という携帯に適した春画なのだとか。さらには大名たちがお正月にそれを持ち寄って交換するという逸話《いつわ》まであるらしくて、

「スマホの画像的な感覚!? それともトレーディングカード!?」と、驚嘆《きようたん》するばかりでした。

これは万理亜がいたら、絶対行くなーと思っての、あのお話でした。しかたないですね!

さておき。出版にあたって、今回も多くの方のお世話になりました。

原作者の上栖綴人《うえすてつと》さん。今回も自由な形でノベライズをさせていただき、ありがとうございました。とても楽しかったです。

イラスト担当の大熊猫介《おおくまねこすけ》さん。美しくエロいイラスト、ありがとうございます! 新妹ヒロインの冬服、超《ちよう》カワイイです!

担当さん、出版にかかわっていただいた皆様にも心よりの感謝を。

それでは失礼します。

春画展の図録は打撃《だげき》武器になるサイズ　八薙玉造

新妹魔王《しんまいまおう》の契約者《テスタメント》SWEET《スイート》！

原作　上栖綴人《うえすてつと》

著　八薙玉造《やなぎたまぞう》

角川スニーカー文庫　19891

2016年8月1日　初版発行

発行者　三坂泰二

発　行　株式会社KADOKAWA
〒102-8177 東京都千代田区富士見2-13-3
電話　0570-002-301（カスタマーサポート・ナビダイヤル）
受付時間　9:00～17:00（土日 祝日 年末年始を除く）
http://www.kadokawa.co.jp/

印刷所　旭印刷株式会社
製本所　株式会社ビルディング・ブックセンター

Printed in Japan　ISBN 978-4-04-104654-8　C0193

★ご意見、ご感想をお送りください★

〒102-8078 東京都千代田区富士見 1-8-19
株式会社KADOKAWA　角川スニーカー文庫編集部気付
「八薙玉造」先生
「上栖綴人」先生 ／「大熊猫介」先生

お願い、刃更《お兄ちゃん》……
あたしを

『四神』を強奪し、《里》から去った斯波の計画——
それは勇者の一族の『闇』を炙り出し、
人間界・魔界・神界のバランスをも崩すものだった。
後を追った刃更達は、想像を遥かに上回る斯波の力の前に打つ手を見出せない。
そんな中、勝機を掴むために澪が口にした願いと覚悟の言葉は、
決して後戻りのできない最後の一線を越えるもので——……
抱いて
新妹魔王の契約者《テスタメント》
The Testament of Sister New Devil
X
Coming Soon!

角川文庫発刊に際して

角川源義

　第二次世界大戦の敗北は、軍事力の敗北であった以上に、私たちの若い文化力の敗退であった。私たちの文化が戦争に対して如何に無力であり、単なるあだ花に過ぎなかったかを、私たちは身を以て体験し痛感した。西洋近代文化の摂取にとって、明治以後八十年の歳月は決して短かすぎたとは言えない。にもかかわらず、近代文化の伝統を確立し、自由な批判と柔軟な良識に富む文化層として自らを形成することに私たちは失敗して来た。そしてこれは、各層への文化の普及滲透を任務とする出版人の責任でもあった。

　一九四五年以来、私たちは再び振出しに戻り、第一歩から踏み出すことを余儀なくされた。これは大きな不幸ではあるが、反面、これまでの混沌・未熟・歪曲の中にあった我が国の文化に秩序と確たる基礎を齎らすためには絶好の機会でもある。角川書店は、このような祖国の文化的危機にあたり、微力をも顧みず再建の礎石たるべき抱負と決意とをもって出発したが、ここに創立以来の念願を果すべく角川文庫を発刊する。これまで刊行されたあらゆる全集叢書文庫類の長所と短所とを検討し、古今東西の不朽の典籍を、良心的編集のもとに、廉価に、そして書架にふさわしい美本として、多くのひとびとに提供しようとする。しかし私たちは徒らに百科全書的な知識のジレッタントを作ることを目的とせず、あくまで祖国の文化に秩序と再建への道を示し、この文庫を角川書店の栄ある事業として、今後永久に継続発展せしめ、学芸と教養との殿堂として大成せんことを期したい。多くの読書子の愛情ある忠言と支持とによって、この希望と抱負とを完遂せしめられんことを願う。

一九四九年五月三日